_De_

La condesa rebelde

ANNA DePALO

FINNEY COUNTY PUBLIC LIBRARY
605 E. Walnut
Garden City, KS 67846

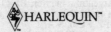

HARLEQUIN™

Editado por HARLEQUIN IBÉRICA, S.A.
Núñez de Balboa, 56
28001 Madrid

© 2010 Anna DePalo. Todos los derechos reservados.
LA CONDESA REBELDE, N.º 1754 - 10.11.10
Título original: His Black Sheep Bride
Publicada originalmente por Silhouette® Books.

Todos los derechos están reservados incluidos los de reproducción,
total o parcial. Esta edición ha sido publicada con permiso de
Harlequin Enterprises II BV.
Todos los personajes de este libro son ficticios. Cualquier parecido
con alguna persona, viva o muerta, es pura coincidencia.
® Harlequin, Harlequin Deseo y logotipo Harlequin son marcas
registradas por Harlequin Books S.A.
® y ™ son marcas registradas por Harlequin Enterprises Limited y
sus filiales, utilizadas con licencia. Las marcas que lleven ® están
registradas en la Oficina Española de Patentes y Marcas y en otros
países.

I.S.B.N.: 978-84-671-9094-6
Depósito legal: B-35401-2010
Editor responsable: Luis Pugni
Preimpresión y fotomecánica: M.T. Color & Diseño, S.L.
C/ Colquide, 6 portal 2 - 3º H. 28230 Las Rozas (Madrid)
Impresión y encuadernación: LITOGRAFÍA ROSÉS, S.A.
C/ Energía, 11. 08850 Gavá (Barcelona)
Fecha impresion para Argentina: 9.5.11
Distribuidor exclusivo para España: LOGISTA
Distribuidor para México: CODIPLYRSA
Distribuidores para Argentina: interior, BERTRAN, S.A.C. Vélez
Sársfield, 1950. Cap. Fed./ Buenos Aires y Gran Buenos Aires,
VACCARO SÁNCHEZ y Cía, S.A.
Distribuidor para Chile: DISTRIBUIDORA ALFA, S.A.

Capítulo Uno

A Tamara le estaba resultado muy difícil hacer de dama de honor, sobre todo, teniendo que intentar evitar al que era su futuro prometido.

Desde un extremo del salón de recepciones del Plaza, Tamara vio a Sawyer Langsford, o tal y como se lo conocía en algunos lugares, el duodécimo conde de Melton.

Tamara pensó que ciertas cosas, en particular un león suelto, era mejor verlas de lejos. Sawyer le recordaba el desagradable acuerdo matrimonial al que los padres de ambos habían llegado unos años antes, aunque él nunca hubiese expresado lo que pensaba acerca de casarse con ella, lo que hacía que Tamara se sintiese siempre incómoda.

Además, si era cauta e incluso hostil, se debía también a que su personalidad y la de Sawyer eran muy diferentes. Él se parecía mucho a su padre, amante de las tradiciones, pero ambicioso y aristocrático.

Maldijo a Sawyer por estar allí aquel día. ¿Acaso no tenía un castillo inglés al que marcharse? ¿O al menos una mazmorra en la que encerrarse a reflexionar?

¿Qué hacía allí, siendo uno más de los elegantes y desenvueltos testigos del novio, Tod Dillingham?

En cualquier caso, no parecía un triste e infeliz aristócrata, sino un diestro león, vigilando su reino e imponiéndose sobre la mayoría de las personas que había en el salón.

Lo cierto era que Tamara no debía extrañarse de habérselo encontrado en una boda de la alta sociedad. En realidad, había sido casi inevitable, ya que Swayer pasaba mucho tiempo en Nueva York, dirigiendo su empresa de comunicación.

Aun así, estaba molesta. Era una de las damas de honor de Belinda Wentworth y había tenido que estar a su lado en el altar, sin dejar de sonreír a pesar de saber que Sawyer estaba muy cerca de ella, con el resto de los testigos.

Cuando el sacerdote episcopal había declarado a Belinda y a Tod marido y mujer, Sawyer la había mirado a los ojos. Su aspecto era muy aristocrático y masculino con el esmoquin negro. Su pelo castaño claro lanzaba destellos dorados con la luz del sol que entraba por una de las ventanas de la iglesia, como si alguna deidad caprichosa hubiese decidido escogerlo como un ángel travieso.

Poco después de aquel momento habían empezado a torcerse los esponsales entre las familias Wentworth y Dillingham.

Tamara habría ido a consolar a la novia si hubiese sabido dónde estaba, pero Belinda había desaparecido con Colin Granville, marqués de Easterbridge, que había interrumpido la ceremonia nupcial para anunciar que su matrimonio con Belinda, celebrado en Las Vegas dos años antes, jamás había sido anulado.

Con el corazón en un puño, Tamara vio cómo su padre, el vizconde Kincaid, se acercaba a Sawyer y se ponía a charlar con él.

Poco después, Sawyer volvía a mirarla a los ojos.

Su rostro era atractivo, pero implacable, había en él generaciones de conquistadores y gobernantes. Tenía un físico delgado y sólido, como una estrella del fútbol.

En ese momento lo vio sonreír y se le aceleró el pulso.

Desconcertada, apartó la mirada. Se dijo a sí misma que su reacción no tenía nada que ver con una atracción física, sino más bien con la irritación.

Para reafirmar aquella sensación, se preguntó si Sawyer habría estado al corriente de los planes de Colin, y si habría estado filtrándole información. No había visto a ninguno de los dos en la iglesia antes de la ceremonia, pero sí los había visto juntos en alguna reunión benéfica en el pasado, así que sabía que eran amigos.

Tamara apretó los labios.

Sawyer era amigo de un villano como Colin Granville, marqués de Easterbridge, que acababa de adquirir otro título: revienta bodas.

Tamara miró a su alrededor, cuidándose bien

de no mirar hacia donde estaba Sawyer. Tampoco veía por ninguna parte a Pia Lumley. Se preguntó si la organizadora de la boda, la última del trío de amigas formado por Belinda y ella, habría conseguido hablar con la novia después de animar a los invitados a asistir a la recepción que iba a tener lugar en el Plaza. O si Pia estaba encerrada en algún sitio, con un ataque después de aquel desastre.

La última vez que la había visto, Pia se estaba alejando de James Carsdale, duque de Hawkshire, otro amigo de Sawyer. Tal vez se hubiese desmayado en la cocina y alguien estuviese poniéndole sales bajo la nariz en esos momentos.

Tamara suspiró, pero su mirada volvió a posarse en Sawyer, y sus ojos se encontraron.

Él sonrió con ironía y después giró la cabeza para intercambiar unas palabras con su padre. Después, ambos hombres la miraron.

Un momento más tarde, Tamara se dio cuenta, horrorizada, de que iban en su dirección.

Por un segundo, pensó en salir corriendo, pero el gesto de Sawyer era burlón y eso hizo que ella irguiese la espalda.

Si lo que buscaba aquel barón de los medios era un titular, ella iba a darle uno.

Para él, el escándalo ocurrido aquel día era maravilloso, pero ella iba a ponerle la guinda al pastel.

Al fin y al cabo, eran muchos los periódicos que publicaban las páginas rosas de la escritora que utilizaba el pseudónimo de Jane Hollings, la pesadilla de la alta sociedad y la ácida némesis de los arribistas sociales.

Tamara apretó los labios.

—Tamara, cariño —le dijo su padre—, te acuerdas de Sawyer, ¿verdad? —añadió riendo—. Supongo que no es necesario que te lo presente.

—No —se limitó a contestar ella.

Sawyer inclinó la cabeza.

—Tamara… es un placer. Ha pasado mucho tiempo.

«No el suficiente», pensó ella, antes de mirar a su alrededor.

—Creo que después del desastre de hoy, vas a aparecer en tus propios periódicos —arqueó una ceja—. Doña Jane Hollings es una de tus columnistas, ¿verdad?

Él sonrió.

—Eso creo.

Tamara le devolvió la sonrisa.

—No puedo creer que eso te parezca bien.

—No creo en la censura.

—Qué democrático por tu parte.

En vez de ofenderlo, aquello pareció divertirlo.

—El título de conde es hereditario, pero el de barón de los medios lo he adquirido en la corte de la opinión pública.

Ella estuvo a punto de preguntarle qué más era hereditario, si tal vez su arrogancia.

Su padre se aclaró la garganta.

—Será mejor que hablemos de algo más agradable.

–Sí –admitió ella.

Su padre los miró a los dos.

–Parece que fue ayer, cuando el anterior conde y yo nos sentamos en su biblioteca y estuvimos bebiendo bourbon y especulando acerca de la feliz posibilidad de que nuestros hijos pudiesen algún día unir a nuestras familias a través del matrimonio.

«Otra vez», Tamara pensó que su padre era tan sutil como un mazo.

Resistió la tentación a cerrar los ojos y gemir, y se cuidó bien de no mirar a Sawyer.

Tal y como se temía, al verlos a Sawyer y a ella formando parte de la comitiva nupcial, su padre había vuelto a acordarse de aquel viejo tema.

Tamara había crecido oyendo aquella historia una y otra vez. Hacía muchos años, antes de que falleciese el padre de Sawyer, su padre y el decimoprimer conde de Melton habían acordado unir sus familias, además de sus imperios, mediante un matrimonio.

Por desgracia para Tamara, era la mayor de las tres hermanastras, cada una de ellas producto de cada uno de los breves matrimonios del vizconde, y, por lo tanto, la más indicada para cumplir con las obligaciones dinásticas de la familia.

Lo mismo que Sawyer, como sucesor del título de conde. Dado que su padre había fallecido cinco años antes, era el elegido por la otra parte.

Por suerte, las dos hermanas pequeñas de Tamara no estaban allí, sino en sus respectivas universidades. Ella se sabía capaz de soportar a Sawyer Langsford, y no quería tener que preocuparse por sus jóvenes e impresionables hermanas.

Al fin y al cabo, y aunque no le gustase, tenía que admitir que Sawyer resultaba muy atractivo para el género opuesto. Y eso hacía que a ella le disgustase todavía más.

–No vuelvas a contar esa historia tan tonta otra vez –le pidió a su padre, intentando reír.

Miró a Sawyer en busca de una confirmación, pero se dio cuenta de que éste estaba pensativo.

Luego señaló hacia donde estaba la banda de música, que tocaba una canción romántica.

–¿Te gustaría bailar? –le preguntó.

–¿Es una broma? –espetó ella.

Sawyer arqueó una ceja.

–¿Acaso no es nuestro cometido como testigo y dama de honor de la boda hacer que la fiesta continúe?

En eso tenía razón.

–¡Magnífica idea! –exclamó su padre–. Estoy seguro de que a Tamara le encantará.

Ésta fulminó a Sawyer con la mirada, pero él le hizo un gesto, como para decirle que la seguía.

Así que tuvo que precederlo hacia la pista de baile.

Tamara se mantuvo muy estirada entre sus brazos, y Sawyer sonrió de lado brevemente.

El pelo rojizo y recogido hacia atrás de Tamara contrastaba con su piel cremosa, lo que daba a entender los dos principales rasgos de su personalidad: era apasionada, pero también tenía mucho aplomo.

Tamara siempre había marcado su propio ritmo. Era la hija rebelde del vizconde Kincaid. La diseñadora de joyas bohemia que tenía un apartamento en el Soho de Manhattan.

De hecho, ese día era el que más recatada la había visto, con un vestido color marfil ajustado y sin tirantes y un fajín de satén negro.

Aunque en vez de llevar las joyas de la familia, se había puesto un collar que brillaba mucho, con unos ónices negros, a juego con los pendientes. El diseño debía de ser suyo.

Al moverse, se asomó por su escote un pequeño tatuaje rosado, situado justo encima de su pecho izquierdo, que le hizo señas, lo tentó... y le recordó que ambos eran como el agua y el aceite.

Tamara levantó las pestañas y lo miró con su mirada verde cristalina.

–¿A qué estás jugando? –le preguntó sin más preámbulos.

–¿Jugando? –respondió él.

–Mi padre habla de un matrimonio de conveniencia y tú, como respuesta, ¿me invitas a bailar?

–Ah, te referías a eso.

–Yo diría que es avivar el fuego.

–Supongo que debería de sentirme aliviado, ya que no me estás acusando de nada más siniestro que invitarte a bailar.

A ella no pareció divertirle la respuesta.

–Dado que lo mencionas, no me sorprendería que estuvieses al corriente de la aparición de Colin Granville en la boda.

–¿No?

Interesante.

–Todo el mundo sabe que eres amigo del marqués de Easterbridge –añadió ella arrugando la nariz–. Los intercambios secretos entre miembros de la aristocracia y todo eso.

Sawyer arqueó las cejas.

–Colin actúa solo. Y, para que lo sepas, no hay intercambios secretos ni nada de eso, sino un pacto de sangre: cuchillos, dedos pulgares y una luna llena. Ya sabes.

Ella ni siquiera parpadeó.

–¿Vuestra amistad no llega a la organización de escándalos?

–No.

–Pues os vendría bien para vender periódicos –señaló ella.

Sawyer pensó que, lo que más lo ayudaría, sería conseguir el imperio mediático de su padre.

–Volvamos al tema de mi supuesto juego –le dijo él.

–Estás alimentando a la bestia –contestó ella enérgicamente.

Llevaban años evitándose por acuerdo tácito siempre que coincidían en algún acontecimiento social.

Hasta entonces.

–Tal vez quiera alimentar a la bestia.

Sawyer siempre había tolerado las maquinaciones de su padre, pero últimamente las cosas habían cambiado.

Ella lo miró sorprendida.

–No puedes estar hablando en serio.

Él se encogió de hombros.

–¿Por qué no? Es probable que ambos nos casemos algún día, ¿por qué no juntos? Podría ser un matrimonio tan bueno como cualquier otro.

–Tengo novio.

–¿De verdad? ¿Y dónde está el afortunado?

Tamara levantó la barbilla.

–Hoy no podía venir.

–Dime que no estás saliendo con otro inútil. «Qué desperdicio», pensó.

Ella lo fulminó con la mirada.

–Así que por eso has venido sola a la boda –continuó Sawyer, siendo consciente de que corría el riesgo de despertar su ira.

–Yo también me he fijado en que estás solo –replicó ella.

–Sí, pero tengo un motivo.

–¿Cuál?

–Estoy interesado en la fusión de Kincaid News con Melton Media. Y tu padre me lo permitirá... si me caso con su hija –dijo ladeando la cabeza–. Así todo quedará en familia.

Ella abrió los ojos y murmuró algo entre dientes.

–Exacto –corroboró él, sonriendo–. Al fin y al cabo, tus hermanas y tú le estáis dando muchos quebraderos de cabeza. Todas os habéis negado a seguir su camino. Y tu padre tiene todas las esperanzas puestas en la tercera generación.

La canción terminó y Tamara intentó alejarse de él, pero Sawyer la agarró con fuerza por la cintura y empezó a bailar la siguiente pieza.

Todavía no había terminado la conversación.

Por otro lado, le gustaba tener a Tamara entre sus brazos, con sus deliciosas curvas apretadas contra el cuerpo.

Si hubiese sido cualquier otra mujer, la habría convencido para que le diese su número de teléfono, y tal vez algo más. Habría intentado acostarse con ella.

Pero con Tamara debía tener más cuidado, aunque la recompensa final sería mucho más gratificante.

Tamara le sonrió de manera artificial.

—Hablas como mi padre. ¿Estás seguro de que no sois la misma persona?

Sawyer le devolvió la sonrisa. El padre de Tamara estaba muy bien para tener setenta años, pero físicamente no se parecía en nada a él. Sin embargo, sí era un hombre astuto y feroz para los negocios.

—A ambos nos gusta el riesgo —respondió por fin.

—Por supuesto. Para vosotros, el negocio siempre va antes que el placer y la familia.

Sawyer sacudió la cabeza.

—Hablas con demasiada amargura, teniendo en cuenta que debes tu nivel de vida a la fortuna de tu familia.

—Hace más de una década que me mantengo sola, porque eso es lo que quiero.

Él arqueó las cejas. Así que Tamara era realmente una mujer independiente.

—Me parece que la palabra amargura puede emplearse para describir diferentes circunstancias... como el hecho de haber pasado por tres divorcios —le explicó ella.

—Y aun así, el vizconde no me parece infeliz con su vida. De hecho, es todo un romántico y quiere acompañarte al altar.

—¿Contigo? —inquirió ella—. No lo creo.

Él la miró con admiración.

—Eres una neoyorkina muy directa.

Ella arqueó una ceja.

—Piensas que soy como tú, pero en mujer. ¡No te lo creas!

—Mi primera propuesta matrimonial, y me han rechazado.

—Estoy segura de que esto no afectará a tu reputación —le replicó Tamara—. Los magnates de los medios sabéis bien cómo darle la vuelta a cualquier historia.

Sawyer dejó escapar una carcajada.

—Por cierto, ¿por qué no te gusto como marido?

—¿Por dónde quieres que empiece? Entiendo que mi padre quiera tener un yerno como tú. Ambos sois dos figuras muy importantes del mundo mediático —continuó Tamara.

—¿Y eso es malo?

—Pero yo sé que no quiero un marido como tú —siguió ella sin responderle—. Te pareces demasiado a mi padre.

—Pero yo no tengo tres ex mujeres.

Tamara sacudió la cabeza.

–Estás casado con tu imperio. Tu primer amor es el trabajo. Vives por él.

–Supongo que el hecho de tener ex novias no es prueba de lo contrario.

–¿Y por qué han pasado a ser ex? –replicó ella.

–Tal vez porque las cosas nunca han salido bien.

–Supongo que por tu trabajo. Mi padre vive por su negocio, a expensas de las personas que lo quieren.

Sawyer dejó ahí la conversación al darse cuenta de que no iban a ponerse de acuerdo. Aunque Tamara no lo hubiese dicho directamente, estaba claro que se incluía entre las víctimas a las que su padre había dejado de lado por culpa de su ambición.

Bailaron en silencio, pero él se dio cuenta de que Tamara miraba a su alrededor como si estuviese buscando una salida por la que escaparse.

Aquella mujer era todo un reto. Era evidente que estaba marcada por el divorcio de sus padres y no quería cometer los mismos errores que ellos.

Debía haberla admirado por no querer venderse tan barata, pero no pudo evitar sentir que se le estaba juzgando de manera injusta.

Casi sin querer, Tamara le había hecho recordar su propia ambivalencia.

Él también era producto del matrimonio fracasado entre un lord inglés y una dama de la alta sociedad estadounidense. Así que conocía de primera mano lo que era convivir con una mujer de espíritu libre que no se había adaptado bien a las tradiciones de la aristocracia inglesa.

Había sido a su madre a la que se le había ocurrido ponerle el nombre del personaje más famoso de Mark Twain.

Por un momento, Tamara le hizo dudar si de verdad quería adueñarse del negocio del vizconde Kincaid.

Apretó la mandíbula. Había trabajado muy duro para permitir que un par de inconvenientes lo frustrasen, entre ellos, la existencia de un novio inútil.

Cuando la música terminó, Tamara intentó separarse de él y Sawyer se lo permitió.

—Ya hemos terminado —dijo ella, como desafiándolo.

Él sonrió.

—No del todo, pero, hasta ahora, ha sido un placer.

Vio cómo Tamara abría mucho los ojos antes de darse la vuelta y alejarse de él.

Capítulo Dos

Tamara pensó que las llamadas a tres podían haber sido inventadas para que las amigas cotorreasen a gusto.

Acababa de llamar a Belinda y a Pia desde el teléfono de su despacho. Tras el desastre del sábado anterior, había estado conteniéndose para no hacerlo, algo poco habitual en ella después de una crisis entre sus amigas, pero lo cierto era que había estado recuperándose de una resaca monumental. Además, aquello no se trataba de un disgusto relacionado con un hombre, con dinero o con el jefe. No todos los días dejaba una plantado a su marido en el altar.

Era lunes por la mañana y no podía esperar más a ver cómo estaban sus amigas.

—Bueno, la señora Hollings ya lo ha escrito todo —empezó sin más preámbulo en cuanto tuvo a sus amigas en línea—. Os juro que si algún día pillo a esa mujer…

La idea de que Sawyer la tuviese contratada todavía la enfurecía más.

Intentó pensar en otra cosa.

—¿Estás bien, Belinda? —preguntó en tono más suave.

–Sobreviviré –respondió su amiga–. O eso creo.

–¿Sigues… casada con Colin Granville? –le preguntó Pia, expresando así la duda que Tamara también tenía en mente.

–Eso me temo –admitió Belinda–, pero por poco tiempo. Hasta que consiga que el marqués acceda a anular la boda.

–Un final rápido para un matrimonio breve… –comentó Pia con poca convicción.

Todas recordaban la desafortunada escapada de Belinda a Las Vegas.

Tamara sabía que los Wentworth y los Granville habían sido vecinos y rivales en Berkshire durante generaciones. Ése era el motivo por el que Belinda había mantenido en secreto su boda con el marqués de Easterbridge.

–¿No te estará poniendo problemas Colin para la anulación? –inquirió Tamara.

–¡Por supuesto que no! –respondió Belinda–. ¿Por qué iba a hacerlo? Al fin y al cabo, no es un matrimonio de verdad. Nos casamos en Las Vegas y a la mañana siguiente ya nos habíamos arrepentido. ¡Collin me dijo que él se ocuparía de anularlo todo!

–¿Cómo pudiste irte a Las Vegas con él? –preguntó Tamara.

Belinda suspiró.

–Me lo encontré… de manera inesperada. Y me había tomado un par de copas.

Pia gimió al otro lado del teléfono.

Tamara se preguntó hasta qué punto había tenido la culpa el alcohol, y hasta qué punto el propio

Colin. Belinda no era de las que se ponían ebrias sin motivo.

–Dime que no te pusiste el apellido Granville, por favor –le pidió Tamara–. Porque si lo hiciste…

Pia dio un grito ahogado.

–Oh, Belinda, ¡dinos que no! ¡Dinos que no te convertiste legalmente en tu propio enemigo!

–No os preocupéis, no me cambié el apellido –les aseguró su amiga.

–Así que te casaste con un Granville, pero no te convertiste en uno de ellos –resumió Tamara–. Me encanta que seas capaz de pensar a pesar de estar ebria.

–Gracias –contestó Belinda–. Y no te preocupes, que, aunque esté ebria, no volveré a hacer nunca una tontería así.

Tamara rió, pero luego volvió a ponerse seria. ¿Qué tenían los hombres con títulos para hacer que las mujeres perdiesen así la cabeza? Pensó en Sawyer sin querer, y eso la molestó, así que intentó centrarse de nuevo en el problema de su amiga.

De las tres, Belinda siempre había sido la más sensata y responsable. Tras licenciarse en Historia en Oxford, había empezado a trabajar en una casa de subastas. Tamara no podía imaginársela en Las Vegas, casándose con el enemigo de su familia. A Pia, tal vez, pero a Belinda, no.

–¿No os casaría un imitador de Elvis, verdad? –preguntó sin querer.

Pia contuvo una carcajada.

–¡No! –exclamó Belinda–. Y ahora sólo quiero que se me pase este dolor de cabeza.

–Pues yo no creo que vayas a librarte de Colin tan fácilmente –admitió Tamara.

–Claro que sí –replicó su amiga–. ¿Por qué iba a querer seguir con ese ridículo matrimonio?

Ésa era la cuestión, pensó Tamara, pero decidió cambiar de conversación para no estresar más a su amiga.

–Pia, en un momento dado te vi entrar en la cocina, parecías disgustada.

–No tenía nada que ver con Colin –respondió ésta–. Bueno, estaba disgustada por Belinda, pero también tenía otras cosas en la cabeza.

–¿No tendrán que ver esas cosas con cierto duque británico de alto copete que se ha convertido en inversionista, verdad?

–Dime que eso no ha aparecido en la columna de la señora Hollings, por favor.

–Me temo que sí, cariño.

–Estoy condenada.

Según la columna de Jane Hollings en el periódico de Sawyer de esa mañana, Pia y el duque de Hawkshire habían discutido durante la recepción. Pia había descubierto en la boda que el duque y James Fielding, con el que había tenido una relación varios años antes, eran la misma persona. Pia le había tirado una bandeja con aperitivos a la cara.

–Por favor, Pia –le dijo Belinda–. Mucho peor es cometer bigamia.

–¡Pero si no lo has hecho!

–Casi.

–Ya nadie querrá contratarme para organizar su boda –protestó Pia.

–¿De verdad te acostaste con Hawkshire? –le preguntó Belinda.

–¡Por entonces era el señor Fielding!

–Oh, Pia.

–Oh, cariño –le dijo Tamara a la vez.

Cómo no, Sawyer también era amigo del duque.

–Bueno, parece que todas tuvimos un día estupendo –comentó Tamara–. Lo siento, Belinda.

Ésta suspiró.

–No lo sientas. Estuve a punto de adquirir un segundo marido.

Las tres se echaron a reír.

–¿Y tú por qué tuviste mal día, Tamara? –le preguntó Belinda.

–Por culpa de Sawyer Langsford. Lord Odioso en persona.

Pia se echó a reír.

–A mí no me parece tan horrible –admitió Belinda.

–Lo dices sin contar con que es amigo de Colin, ¿verdad? –le dijo Tamara.

–Ah, ya veo.

–Es guapo –comentó Pia–. Con esos ojos color topacio y ese pelo tan brillante…

Tamara hizo una mueca.

–¿De qué lado estás?

–Del tuyo, claro.

–Bien.

–¿Por qué te molestó tanto la presencia de Sawyer? –quiso saber Belinda–. Hasta ahora nunca habías tenido ningún problema con él.

–Porque siempre nos habíamos ignorado el

uno al otro –replicó Tamara–. Pero al vernos a los dos en la boda, mi padre se acordó de su estupenda idea de casarnos.

–¿A Sawyer y a ti? –espetó Pia.

–Divertidísimo, ya lo sé –respondió Tamara.

–Vaya, si lo hubiese sabido, le habría pedido a Tod que escogiese otro testigo.

Tamara hizo una mueca.

–No me gusta hablar del tema. De hecho, tenía la esperanza de que mi padre se hubiese olvidado de él. Pero Sawyer me dejó claro el sábado que no le parece mala idea.

Pia y Belinda dieron un grito ahogado.

«Exacto», pensó Tamara.

–¡Sois tan distintos! –exclamó Pia–. Como Bridget Jones y su señor Darcy.

–Por favor –le dijo Tamara–. Esos dos terminan juntos.

–Ah, ¡lo siento!

Tamara sabía que Pia era toda una romántica. Organizar bodas le iba como anillo al dedo. Aunque era extraño que todavía no se hubiese casado.

–Bueno, ¿qué vais a hacer en los próximos días? –preguntó Tamara para cambiar de tema.

–Yo voy a ir un par de días a Inglaterra, por trabajo.

–Y yo me marcho a Atlanta a organizar una boda.

–¿Ambas abandonáis el campo de batalla? –bromeó Tamara.

–¡Eso nunca! –declaró Belinda.

–En cierto modo, sí –admitió Pia.

–Yo voy a reagrupar a todos mis ejércitos –continuó Belinda–, y a contratar un abogado.

–Y mientras tanto, yo intentaré recoger ideas para tu segunda boda –comentó Pia–. ¿O debería decir tercera…?

Se hizo un breve silencio.

Tamara se dio cuenta de que una luz parpadeaba en su teléfono.

–Tengo otra llamada –les dijo a sus amigas.

Mientras colgaba, se preguntó para cuál de las tres habría sido más profético aquel sábado.

Recordó las últimas palabras de Sawyer, cuando le había dicho que habían terminado.

–No del todo, pero, hasta ahora, ha sido un placer.

Una semana después, Tamara se preguntó cómo podía tener tan mala suerte.

Sawyer, otra vez.

Sólo solía encontrárselo un par de veces al año.

Pero allí estaba, para una fiesta de la moda en TriBeCa a la que habían asistido personajes famosos de segunda fila, miembros de la alta sociedad y periodistas.

¿Qué hacía él allí?

Tamara había visto a un reportero de su periódico, así que la presencia de Sawyer no era necesaria. Nunca se había interesado demasiado por la moda, siempre vestía trajes de un sastre viejo y acartonado que trabajaba también para la reina.

Su presencia hizo que se pusiese tensa, pero al menos esa noche, había ido acompañada.

Miró a su alrededor. Tom había ido a buscar un par de bebidas y todavía no había vuelto.

Entonces vio a Sawyer, que se acercaba a ella. Vaya.

Se dio la vuelta, pero estaba atravesando la cortina de terciopelo que rodeaba la habitación cuando oyó que le decían:

–¿Abandonas el campo de batalla?

Tamara se detuvo, molesta al oír las mismas palabras que ella misma le había dicho a Belinda.

Puso los hombros rectos y se giró hacia Sawyer.

–Eso, nunca.

–Bien.

Señaló hacia la multitud que había al otro lado de la cortina.

–No quería manchar de sangre las prendas del diseñador en nuestra última pelea.

–Qué considerada.

Ella sonrió sin ganas.

–Tú también deberías intentar serlo. ¿Qué estás haciendo aquí?

–Me invitaron, y acepté.

–Es la primera vez que te veo en un evento relacionado con la moda.

–Siempre hay una primera vez. Si no, la vida sería demasiado aburrida.

Tamara sintió calor en las mejillas, tenía la sensación de que aquello había sido una sugerencia sexual acerca de… ellos dos.

–Supongo que sí –respondió en tono frío–.

Aunque también sé que hay cosas que jamás probaría.

Intentó no pensar en que se le había acelerado el pulso nada más oír su profunda voz. Aquella reacción la sorprendía y molestaba al mismo tiempo.

Aquél era Sawyer, el hombre al que llevaba toda la vida evitando y despreciando. No estaba dispuesta a formar parte de un matrimonio de conveniencia.

No obstante, no pudo evitar fijarse en lo guapo que estaba aquella noche, con un traje color tostado, sin corbata y con una camisa verde desabrochada en el cuello.

Él la recorrió con la mirada, como si también estuviese estudiando su aspecto. Llevaba unos zapatos de tacón alto y un vestido ajustado de finos tirantes.

Los ojos de Sawyer se detuvieron un momento a la altura de su pecho antes de volver a mirarla a la cara.

–Una pelirroja que se atreve a vestir de rojo –comentó–. Nunca defraudas.

–¡Me alegro de tener tu aprobación! –contestó ella, sintiendo que, en realidad, se lo había dicho con desaprobación. Era normal, era una diseñadora de joyas bohemia, algo que no encajaba en su mundo.

No obstante, Sawyer la sorprendió un instante después metiéndole un mechón de pelo detrás de la oreja.

Tamara se quedó inmóvil al notar que Sawyer

le tocaba el pendiente. Fue un gesto íntimo, incluso erótico, a pesar de no estar tocándola a ella directamente.

–Estaría interesado en el diseño de varias joyas –le dijo, haciéndola sentir un escalofrío.

Intentó no pensar en la atracción que sentía con él y le preguntó en tono meloso:

–¿Para alguna conquista amorosa?

–Se podría decir así.

–¿Y por eso me has abordado aquí? ¿Por qué estás buscando una diseñadora de joyas?

–Entre otras cosas.

–¿Cómo sabías que iba a estar aquí?

–Adivínalo.

–Mi padre.

–Has acertado.

–Cuando lo vea…

Tamara se arrepintió de haberle contado a su padre los detalles de su agenda social y laboral un par de semanas antes, cuando éste le había preguntado al respecto con toda naturalidad.

Tendría que hablar seriamente con él y preguntarle por qué se metía en su vida.

Sawyer la miró con expresión indescifrable.

–El matrimonio no es ninguna locura.

–¡No me digas que sigues dándole vueltas al tema!

–La idea lo merece.

–¡Y yo que pensaba que querías que te diseñase un conjunto para tu amante actual! Sólo has venido para volver a proponerme que me case contigo.

Menos mal que estaban en una zona más o menos privada. Tamara no quería que nadie fuese testigo de su discusión.

–¿Has terminado? –le preguntó él con los ojos brillantes.

«De eso nada».

–Qué eficiente eres. ¡Ya puedes ir borrando la propuesta de matrimonio de la agenda de tu Black-Berry! Buena suerte para el resto de la noche.

Se giró, pero sólo había dado dos pasos cuando Sawyer la agarró del brazo y la obligó a mirarlo.

–Debes de ser la mujer más difícil que conozco –murmuró.

–Otro motivo más por el que no sería la esposa adecuada –replicó ella–. Conmigo en casa nunca faltaría el sarcasmo, te serviría tu ego en bandeja y no permitiría que olvidases jamás que eres un...

–Maldita sea.

Y entonces la besó.

Tamara se quedó inmóvil.

Los labios de Sawyer se movieron con suavidad y firmeza al mismo tiempo, y Tamara se dio cuenta de que tenía un sabor dulce, pero embriagador, y que olía a hombre.

No era la primera vez que la besaban, pero besar a Sawyer era como beber vodka estando acostumbrada sólo a la cerveza.

Se aferró a sus hombros y él respondió con un gemido y profundizó el beso.

Tamara se dijo que había hecho bien evitándolo en el pasado. Aquel hombre era pura testosterona y estaba haciendo que sus feromonas se revolucionasen.

«Ayuda».

De repente oyó una risa al otro lado de la cortina y eso la hizo salir del hechizo.

Apartó los labios de los de Sawyer, abrió los ojos y lo empujó.

Él retrocedió y su rostro se volvió frío de nuevo.

–Bueno –le dijo Sawyer muy despacio–. Supongo que ya hemos contestado a una de las preguntas.

–¿A cuál?

–No tenemos ningún problema con la química sexual.

–Supéralo ya.

–Eres tú la que tienes que superarlo.

Tamara sintió que la invadía el calor. De repente, vio en su mente una imagen de Sawyer desnudo, en la cama.

–¡Deberías llevar un cartel de advertencia! –replicó ella.

–¿Acaso no es eso lo que te estoy proponiendo? Si me sacases del mercado, el mundo sería más seguro para el resto de las mujeres –le contestó él sonriendo.

–Soy diseñadora de joyas, no domadora de leones.

–Podrías ser las dos cosas.

Tamara se maldijo por sentirse atraída por aquel hombre. ¿Acaso no era una mujer culta e independiente del siglo XXI?

Sawyer seguía siendo un señor feudal de la

época medieval y, gracias a sus antepasados, con título y todo.

—En cualquier caso —añadió él, interrumpiendo sus pensamientos—. No te estoy proponiendo lo mismo que tu padre.

—Ah, ¿no? ¿Y qué es entonces lo que me propones?

—Tu padre quiere un matrimonio dinástico. Real, pero…

—Sin amor —dijo ella, terminando la frase.

—Lleva generaciones haciéndose.

—Pero estamos en el siglo XXI.

—Yo te sugiero un acuerdo temporal del que ambos salgamos beneficiados.

—Tú te harías con el control de Kincaid News. Pero ¿cuál sería mi incentivo?

—Estarías haciendo lo correcto para tu familia —le respondió Sawyer sin inmutarse—. La mayor parte del negocio de tu padre está en el Reino Unido, mientras que la mayoría del mío se encuentra en los Estados Unidos. Si las unimos, nuestras empresas podrían seguir prosperando. Tu padre necesita un sucesor, y yo conozco bien el negocio.

Hizo una mueca antes de continuar:

—Además, tu padre dejaría de interferir en tu vida. Y te estaría en deuda para siempre.

—¡Sólo por casarme contigo! —exclamó Tamara con el ceño fruncido.

El precio era demasiado alto.

—Fingiríamos que estamos casados durante un tiempo, pero ambos sabríamos la verdad.

–¿Y el divorcio? –le preguntó ella, muy a su pesar–. ¿Qué ocurriría entonces con las empresas?

–En cuanto estuviesen fusionadas, no habría marcha atrás. Tu padre recibiría su dinero, y yo, el control.

–Muy cómodo para ti. No pienso casarme contigo.

–También tendrías otros beneficios.

–¿Cuáles?

–Podría ayudarte con tu negocio de joyas, cosa que no ha hecho tu padre.

Tamara se relajó. Estaba claro que lo único que Sawyer sabía de su negocio era lo que su padre le había contado.

Tuvo que admitir que era un hombre muy perseverante, pero no iba a casarse con él cuando tenía tan poco que ganar y toda su independencia que perder.

–No, gracias –repitió–. Lo tengo todo controlado.

–¡Aquí estás!

Tamara se giró al oír una voz que le era familiar y vio a Tom con dos copas de champán.

¿Cómo se le habría ocurrido buscarla allí? No obstante, agradeció que acudiese a su rescate.

–Lo siento, cielo –dijo éste–. Me he encontrado con un tipo al que conozco, hemos tocado alguna vez juntos como Zero Sum.

Tom era roquero y estaba esperando a que su grupo tuviese la oportunidad de dar el gran salto a la fama. Tamara llevaba casi un año saliendo con él de vez en cuando, cuando Tom estaba en la ciudad. En ese momento, no pudo evitar compararlo con Sawyer, que casi le sacaba media cabeza y era muchísimo más elegante.

–Tom, creo que ya conoces a su alteza, el conde de Melton, ¿verdad? –dijo ella–. Señor, le presento a Tom Vance.

Los dos hombres se dieron la mano y se estudiaron el uno al otro.

–¿Melton, de Melton Media? –preguntó Tom.

–El mismo –respondió Sawyer.

–Es un placer conocerlo… –empezó Tom sonriendo de oreja a oreja.

–Señor –dijo Tamara, terminando su frase.

–Señor –repitió Tom, mirándola con agradecimiento–. Gracias, Tam.

–¿Tam? –inquirió Sawyer en tono sarcástico–. ¿Tom y Tam?

–Eso es –dijo Tom sonriendo, tan contento.

Tamara se dio cuenta de que su acompañante estaba pensando en lo mucho que podía ayudarlo conocer a alguien como Sawyer, ya que su propio padre se había negado a lanzar a Zero Sum.

–Tam… Señorita Kincaid, discúlpeme, pero me están esperando –dijo Sawyer.

Tamara estaba segura de que había pretendido burlarse de ella con sus palabras, pero agradeció que se terminase su conversación.

Por desgracia, estaba segura de que el asunto de su matrimonio dinástico todavía no estaba zanjado.

Capítulo Tres

El bar del hotel Carlyle era un buen lugar para que tres solteros de oro pasasen desapercibidos.

O, más bien, dos solteros de oro y un casado, se corrigió Sawyer.

Además de ser amigos, desde el sábado anterior también tenían en común el haber formado parte del escándalo del momento.

El bar, con acabados en madera oscura e iluminación tenue, era un lugar masculino, perfecto para desahogarse entre amigos.

—Menuda manera de estropear una boda, Easterbridge —dijo James Carsdale, duque de Hawkshire, yendo directo al grano.

—Nos podías haber avisado —añadió Sawyer secamente.

Tenía que admirar la sangre fría de Colin. De los tres amigos, era el más reservado y enigmático, y con su actuación en la boda había causado un gran trastorno a dos antiguas familias británicas.

Colin Granville, que había sido el último al llegar al bar, le dio un trago a su whisky con hielo.

—Tú eres los medios de comunicación, Melton, y eras testigo. Un doble conflicto de intereses. Comprenderás que no te contase mi secreto.

–Sabes que era testigo porque Dillingham y yo somos parientes lejanos. En realidad no somos amigos.

–Si no confiabas en Melton, al menos podrías habérmelo contado a mí –sugirió Hawk.

–Por cierto, Hawk –intervino Sawyer–. Dicen los rumores, y perdonadme por leer mis propios periódicos, que tuviste más que palabras con cierta organizadora de bodas muy atractiva...

Hawk hizo una mueca.

–Eso es un tema privado.

–A eso me refiero, precisamente –dijo Colin.

–¿Un tema privado? –inquirió Sawyer–. ¿Quieres decir entre tú y tu alias, James Fielding?

–Cierra el pico, Melton.

–Eso –añadió Colin, poniéndose de parte de Hawk–, a no ser que quieras que te interroguemos acerca de la señorita Kincaid a ti también.

Sawyer hizo una mueca, sus amigos estaban al corriente de que la adquisición de Kincaid News estaba unida a su matrimonio con Tamara, pero lo que no sabían era que, después de haberla besado, sólo había pensado en volverlo a hacer.

–La he visto con un chico –comentó Hawk–. Siempre con el mismo.

Sawyer se encogió de hombros.

–Sale con él de vez en cuando, nada serio.

–Y no sale contigo –puntualizó Colin.

–¿Cómo sabes que no es nada serio? –quiso saber Hawk.

–Él mismo me lo ha dicho. Toca en un grupo

llamado Zero Sum, y tal vez dé el salto a la fama muy pronto.

–No se te ocurra… –le advirtió Hawk, sacudiendo la cabeza.

–¿Conocéis a algún buen productor de la Costa Oeste? –preguntó él.

Estaba hundida.

O, más bien, en la miseria.

Tamara miró la carta que tenía en la mano. No había conseguido la financiación.

Miró a su alrededor, su negocio, Pink Teddy Designs, que pronto dejaría de existir si no encontraba una solución.

Iban a subirle el alquiler, así que tendría que buscarse otro lugar donde vivir y trabajar.

Estaba desesperada. Tanto, que recordó la oferta que le había hecho Sawyer de lanzar su negocio.

No, no podía hacer algo así.

Todo el mundo daba por hecho que tenía dinero o, al menos, contactos, ya que era la hija de un vizconde escocés millonario, pero lo cierto era que, tras el divorcio de sus padres, cuando ella tenía siete años, había ido a vivir a los Estados Unidos con su madre. Allí habían vivido bien gracias al dinero que les mandaba su padre, aunque también había tenido que trabajar cuidando niños y en campamentos de verano mientras su madre, que era profesora, se iba trasladando de ciudad en ciudad por todo el país.

En esos momentos, su madre vivía en Houston

con su tercer marido, que tenía tres concesionarios de coches, y con el que había conseguido una cierta estabilidad.

Tamara suspiró. En parte debido a la distancia física, su relación con su madre no era demasiado estrecha, aunque lo bueno era que tampoco interfería en su vida.

No podía decir lo mismo de su padre, que tenía un apartamento en Nueva York y que sí había opinado acerca de sus tendencias artísticas, su afición por todo lo bohemio y el gusto por las cosas poco convencionales. Y cuyas intenciones de mediar en su vida habían culminado con su plan de casarla con Sawyer.

Era ridículo.

A ella le gustaba su vida.

Y le entraban ganas de reír sólo de pensar en casarse con Sawyer Langsford. Ni siquiera hablaban el mismo idioma. Sí tenía que admitir que, con treinta y ocho años, había tenido ya un gran éxito profesional en el campo de los medios de comunicación.

Ella tenía sólo veintiocho y estaba una década por detrás de él en experiencia. Sí, quería que su negocio flotase, no que se hundiese y, sí, soñaba con tener éxito, pero no tenía tantas aspiraciones como su padre y Sawyer.

Había sido abandonada dos veces por su padre, con el divorcio y, más tarde, cuando el vizconde se había dedicado en cuerpo y alma a su empresa. No podía arriesgarse a casarse con un hombre hecho con el mismo molde.

Sería una locura, a pesar del beso que le había dado.

No obstante, no había podido dejar de pensar en él durante los últimos días.

Sabía por qué la había besado Sawyer. Había querido convencerla de que se casase con él.

Pero no iba a dejarse llevar sólo por la atracción, sabía que no era el hombre adecuado para ella.

Por el contrario, Tom sí se le parecía. Le gustaba rondar por el Soho por las noches y ambos eran artistas. Y, sobre todo, eran amigos.

En ese preciso momento sonó el teléfono, era Tom.

—No te vas a creer lo que me ha pasado —le dijo éste.

—Está bien, me rindo. ¿El qué?

—Me marcho a Los Ángeles a conocer a un productor muy importante. Ha oído una de nuestras maquetas y quiere hacernos un contrato.

—Tom, ¡eso es estupendo! —exclamó Tamara—. Ni siquiera sabía que estuvieses en contacto con un productor de Los Ángeles.

Tom rió.

—No lo estaba. La maqueta le ha llegado a través de un amigo de un amigo.

—Ya ves, las redes sociales funcionan.

Tom suspiró de forma exagerada.

—Sólo hay un problema, nena. Me marcho. Física, existencial y en todos los ámbitos.

Tamara entendió lo que quería decirle.

—¿Qué? —inquirió, fingiendo sentirse ofendida—. ¿Ya no vas a poder ser mi chico de reserva?

Le fue fácil decir aquello, ya que Tom nunca había sido más que un recurso al que acudir cuando necesitaba compañía. Por eso no sentía ningún rencor.

–Me temo que no –respondió él–. ¿Me perdonarás algún día?

–Si no lo hago, siempre podrás escribir una canción al respecto –bromeó Tamara.

Tom rió.

–Eres una amiga de verdad, Tam.

Tamara se dio cuenta de que las palabras de Tom resumían su relación. Siempre amistosa, nada que ver con la que tenía con…

–Fue todo un golpe de suerte, que te encontrases con tu amigo, el conde de Melton.

–No es mi amigo –dijo ella, sintiéndose culpable.

–Bueno, amigo o conocido…

–¿Por qué dices que fue un golpe de suerte?

–Porque este productor musical tiene un amigo que es amigo del conde. Parece ser que el conde ha oído mi música…

Tamara estaba segura de que a Sawyer le había encantado Zero Sum.

–Y ha hablado con un amigo, que me ha recomendado al productor –terminó Tom.

Tamara sintió calor en las mejillas. No era posible que…

Y, no obstante, era demasiada casualidad.

Cuando viese a Sawyer, hablaría seriamente con él.

No obstante, pensó en Tom e intentó parecer contenta.

–Te lo debo todo a ti, Tam –añadió éste.

–Cruzaré los dedos para que todo te salga bien. Mucha suerte.

–Gracias, nena. Eres la mejor.

Cuando le colgó el teléfono a Tom, se quedó mirando el aparato sin verlo, con el ceño fruncido.

Estaba recuperándose cuando sonó el telefonillo, apretó el botón, situado al lado de la puerta principal, y se sobresaltó al oír la voz de Sawyer.

Respiró hondo. Al parecer, su enfrentamiento iba a tener lugar antes de lo previsto.

–Sube –le pidió, fingiendo serenidad.

Capítulo Cuatro

Mientras subía hasta el tercer piso, Sawyer pensó que era ridículo ponerle a una empresa el nombre de Pink Teddy Designs. Daba la sensación, además, de que Tamara había alquilado uno de los apartamentos más baratos de un barrio caro en el que los almacenes y las fábricas habían dejado paso a marcas como Prada, Marc Jacobs y Chanel.

No obstante, la elección del lugar tenía sentido.

Salió del ascensor y se encontró frente al apartamento de Tamara. Iba a llamar al timbre cuando la puerta se abrió.

La primera impresión fue impactante. En dos segundos, Swayer registró un vestido corto con escote en V, unas sandalias negras con lazos y un colgante ovalado anidado en su escote.

Su cuerpo volvió a la vida.

—¿Qué estás haciendo aquí? —le preguntó Tamara en tono frío, pero con fuego en la mirada.

Él hizo una mueca.

—Es la segunda vez. ¿Así es como recibes a todos tus clientes?

—Sólo a los que no son bienvenidos —replicó

ella, apartándose de la puerta–. ¿Qué quieres decir con la palabra cliente?

Sawyer entró en el apartamento.

–Quiero que diseñes una joya para mí, no sé si te acuerdas.

Tamara lo miró con incredulidad.

–No puedes hablar en serio.

–Otra vez. No sé cómo lo hago para obtener de ti siempre las mismas reacciones. Hablo en serio, y pensé que te alegraría que te diese trabajo.

Ella mantuvo la boca cerrada.

«Estupendo», pensó Sawyer, mirando a su alrededor. Tal y como había imaginado el apartamento le servía al mismo tiempo de taller y de tienda.

En la parte trasera parecía haber un dormitorio. A su derecha, cerca de la puerta de entrada, estaba la cocina. Y delante tenía una zona de trabajo de aspecto confortable, con un sofá de terciopelo rojo y un sillón, un par de plantas y una mesa de cristal llena de abalorios. A un lado de ésta había un banco de trabajo.

El techo era alto y las ventanas grandes, por lo que había mucha luz natural, un bien precioso en el mercado inmobiliario de Manhattan.

Oyó que Tamara cerraba la puerta y se acercó a una vitrina en la que había pulseras, collares y pendientes, todos realizados utilizando una piedra de color verde.

Levantó la vista de la vitrina y se dio cuenta de que Tamara lo estaba desafiando con la mirada.

–Estaba leyendo tu mirada –le dijo ésta.

–Tienes un estilo único.

–Gracias, creo.

–De nada.

Tamara estudió su traje a medida. Sus estilos eran muy diferentes.

Tal vez se estuviese preguntando también por qué se había molestado en ir a verla, con todo el trabajo que debía de tener.

No obstante, Swayer no iba a responderle sin más. Lo cierto era que había hecho un hueco en su agenda sólo para ir a verla, pero no quería que ella lo supiera.

–¿Qué tipo de joya tienes en mente? –le preguntó Tamara por fin.

–Un conjunto –respondió él–. Pendientes y collar.

–Por supuesto. ¿Y tienes preferencia por algún tipo de piedra en particular?

Él la miró a los ojos.

–Esmeraldas.

–Una elección muy popular, pero no puedo ayudarte. Yo trabajo con piedras semipreciosas…

–Diseñar joyas con piedras preciosas no puede ser muy diferente –replicó él.

Tamara dudó un instante antes de admitir a regañadientes que no lo era.

–Estupendo, entonces no hay ningún problema –le dijo Sawyer–. ¿Qué piedras te gustan?

–No sé para qué… –empezó ella con ceño fruncido.

–Tú eres la diseñadora profesional. Me gustaría conocer tu opinión. ¿Qué piedras te gustan a ti, dando por hecho que el dinero no es un problema?

Tamara apretó la mandíbula.

–Las esmeraldas. Oscuras.

–En ese caso, estamos de acuerdo. Que sean grandes, y que estén rodeadas de diamantes.

Ella apretó los labios.

–¿No se te ocurre pensar que tal vez no quiera aceptar el encargo?

–No –le respondió él sonriendo–. Estás aquí para vender joyas, y yo estoy dispuesto a gastarme hasta seis cifras.

–Eres muy contundente –le dijo ella, exasperada.

–Sí –contestó él, ocultando su satisfacción–. ¿Acaso no lo son tus otros clientes?

–No suelo tener encargos –admitió Tamara–. No es así como trabajo. Las personas que compran mis joyas aprecian las cosas poco convencionales.

–Nada que ver con las llamativas joyas de la alta sociedad.

Ella asintió.

–Espero que puedas… complacerme.

Era una broma sexual, pero Sawyer mantuvo la inocencia de su expresión. Sin embargo, Tamara lo miró con cautela y desaprobación un instante.

–Ninguna petición es demasiado insólita –replicó por fin.

–Qué alivio.

–Necesito que me hagas un adelanto. Y tendrás que darme tiempo para hablar con mis proveedores y encontrar las piedras adecuadas. No estoy acostumbrada a que me pidan esmeraldas grandes.

Sawyer pensó que había dado en el clavo. Quería que Tamara pensase que tenía mal gusto para poder acercarse más a su meta.

–Lo comprendo. Espero no estar trastocando tus planes.

–No más que cualquier otro cliente que llega de repente –le contestó ella.

Él esbozó una sonrisa antes de dirigir la conversación hacia donde quería que fuese.

–Pensé que te alegraría recibir un encargo caro –miró a su alrededor–. Creo que te vendría bien algo de ayuda.

–¿Qué te hace pensar eso? –le preguntó ella.

–Tengo mis fuentes.

Tamara frunció el ceño de repente.

–¿Has vuelto a hablar con mi padre? –levantó una mano, como para detenerlo–. No, espera. No te molestes en contestar a esa pregunta.

–Por cierto, he sido yo el que se ha preocupado en averiguarlo, aunque tu amigo Tom me ha dado más información de manera voluntaria.

Ella prefirió ignorar la referencia a Tom y apoyó la mano en su cadera.

–¿Has hecho que me investiguen?

–Me gusta saber con quién hago negocios, para evitar sorpresas desagradables.

–¿Así que debería sentirme halagada? –inquirió, furiosa–. ¿Es un cumplido, merecer la misma investigación que cualquier socio empresarial en potencia?

–Dentro o fuera de la cama –admitió él, para enfadarla todavía más.

–Ya veo. Y supongo que ninguna de tus… novias se ha enfadado nunca por tener que pasar la inspección. ¿Tan caro se paga el privilegio de acostarse contigo?

–Por el momento no he tenido quejas.

–¡Oh!

Por un momento, pareció que la ira la había enmudecido.

–Supongo que es a eso a lo que has venido hoy –espetó por fin–. Para encargar un conjunto para alguna afortunada.

Él ladeó la cabeza y luego levantó la mano para apartarle un mechón de pelo de la cara.

Tamara se quedó inmóvil.

–Podría decirse así –le contestó él con voz profunda.

Ella le apartó la mano.

–Bien –bufó–. No es asunto mío, por qué viene un cliente… ni cómo.

–¿No te importa hacer negocios con el diablo? –la provocó Sawyer.

–Vamos a acercarnos a mi escritorio para hablar de lo que quieres –hizo una pausa–. Me refiero al collar y a los pendientes, por supuesto.

Él rió y la siguió.

Aquella venta iba a costarle mucho, pero Tamara necesitaba el dinero. Pink Teddy Designs significaba mucho para ella, y Sawyer pretendía aprovecharse de ello.

Lo haría con todo descaro, despiadadamente, sin arrepentimientos.

Porque Sawyer pensó, mientras admiraba el trasero y las esbeltas piernas de Tamara, que Kincaid News merecía la pena… y Tamara también. Y no le iba a costar ningún esfuerzo acostarse con ella para conseguir su meta.

—Descríbeme lo que quieres —le pidió ella cuando se sentaron frente a la mesa de cristal.

A él le hubiese encantado describirle lo que quería… dentro y fuera de la cama.

De hecho, tuvo que admitir sorprendido que Tamara no se alejaba mucho de lo que buscaba normalmente en una mujer, aunque nunca había salido con una pelirroja.

Tamara había heredado el aspecto y la figura de su madre. Tenía las caderas y los pechos generosos, pero aun así era esbelta. Y su estructura ósea era increíble. Tenía los labios carnosos, la nariz aquilina y unas cejas delicadamente arqueadas que coronaban unos ojos de un verde cristalino. Habría podido aparecer en la portada de cualquier revista de moda, si hubiese querido, pero el hecho de no querer decía mucho de ella.

Así pues, físicamente era su tipo. No obstante, Sawyer siempre se había imaginado una novia a la que le gustase su herencia aristocrática.

Tamara puso un papel en blanco delante de ella y tomó un lapicero.

—Descríbeme lo que estás buscando. Si no te

gusta el diseño, siempre podremos jugar con él. Los programas de diseño por ordenador hacen cosas increíbles hoy en día, pero yo prefiero empezar a la vieja usanza.

Sawyer ladeó la cabeza y la miró.

—Algo único. Algo que haga que todo el mundo se quede mirándolo.

—Eso es muy amplio.

—Deja volar tu imaginación.

Tamara volvió a mirarlo con el ceño fruncido, como si estuviese pensando en darle un golpe en la cabeza o algo así.

—Estoy pensando en una gargantilla —le dijo.

Él rió con suavidad. Tamara dejó el lapicero y tomó una carpeta de tres aros.

—Toma, aquí tienes algunas ideas.

—Estupendo.

Mientras Sawyer pasaba páginas, ella se entretuvo colocando los objetos que había encima de la mesa.

Poco después, Sawyer dejó la carpeta sobre la mesa con deliberada naturalidad. No iba a rendirse tan pronto. Sabía lo que quería, y no iba a parar hasta que lo consiguiese.

—Son buenas, pero necesito más —le dijo.

—¿Más?

—Sí, me gustaría que me enseñases algunos de tus diseños puestos en ti.

Ella lo fulminó con la mirada.

Sawyer se encogió de hombros y sonrió.

—No tengo nada de imaginación.

Tamara apretó los dientes. ¿Hasta dónde estaba dispuesta a llegar sólo para ganarse un buen dinero?

–¿Cuál quieres ver? –le preguntó por fin.

Sawyer volvió a hojear la carpeta. Los diseños eran buenos. Mejores que buenos. Él había heredado las joyas de la familia Langsford, y también había ido comprando joyas a lo largo de los años, así que no era ningún novato. Aquellos diseños eran frescos, diferentes.

–Éste –dijo, enseñándole una página.

–Ése lo he vendido.

Él pasó de página sin perturbarse.

–¿Y éste?

–Eso es un topacio. El oro amarillo no iría bien con los diamantes y las esme…

–Da igual. Quiero ver el diseño.

–Está bien –le dijo Tamara.

Sawyer contuvo una sonrisa. El cliente siempre tenía la razón. Tamara no podía discutir con él, por mucho que lo desease.

La vio ir hacia una caja fuerte, abrirla y sacar dos cajas cubiertas de terciopelo.

Sawyer la observó sin pestañear, con todo el cuerpo revolucionado.

Sin mirarlo, Tamara se acercó al espejo de cuerpo entero que había en una pared cercana.

De la caja más pequeña, sacó un pendiente, luego otro, y se los puso.

Sawyer tuvo que cambiar de postura en su silla.

–Tienes que recogerte el pelo para que te los vea bien –le pidió.

Tamara apretó los labios y, sin mirarlo, se acercó a un armario y sacó una pinza para hacerlo.

Sawyer se quedó hipnotizado por la imagen del espejo. Deseó acercarse a ella y besarla en el cuello. Sabía que estaba jugando un juego peligroso y que podía pillarse los dedos con él.

Tamara abrió la segunda caja y sacó un collar exquisito de ella.

Sawyer se levantó de repente.

–Deja que te ayude.

Antes de que le diese tiempo a protestar, estaba detrás de ella.

–Soy experta en abrochar y desabrochar joyas –se quejó Tamara.

–Permite que sea galante contigo.

–¿Estás practicando para el momento en que tengas que hacerlo de verdad? –inquirió ella, intentando ignorar la reacción de su cuerpo, el roce de sus pezones erguidos contra la tela del vestido.

Sawyer sonrió con pereza.

–Si así fuera, después haría esto.

No pensó. Cedió a la tentación.

Por suerte, en aquel caso, los negocios y el placer eran uno solo.

Capítulo Cinco

Tamara sintió un chispazo en todo el cuerpo cuando Sawyer le mordisqueó la oreja con cuidado y el topacio del pendiente se balanceó entre ambos.

Tragó saliva y contuvo un grito ahogado. El cuerpo de Sawyer, duro e implacable, se frotó contra el de ella, causándole calor.

Tamara estaba hipnotizada por su imagen en el espejo.

Sawyer jugó con su delicada oreja y después tomó el lóbulo con la boca y estiró con suavidad. Al mismo tiempo, su respiración caliente hizo que Tamara se estremeciera.

Cerró los ojos. Era lo único que podía hacer para defenderse. La imagen del espejo era demasiado erótica.

Sawyer le acarició los hombros.

—Relájate —le dijo en voz baja.

Tamara luchó contra aquella fuerza de seducción.

Ya conocía el poder de sus besos, y una parte de ella no podía creer que hubiese vuelto a permitirle que se acercara tanto, otra vez. ¿En qué había estado pensando?

Había aceptado su encargo porque sabía que, con lo que ganase, podría pagar el alquiler de un mes. Pero, ¿qué pasaría después?

Aquél era el camino hacia la perdición.

–Sawyer...

Pero antes de poder decirle más, él la hizo girarse y la besó en los labios. Profundizó el beso antes de que le diese tiempo a recuperar las fuerzas.

Aquel beso, caliente y suave, hizo que se sintiera vital y viva. La cabeza le daba vueltas.

Sawyer besaba del mismo modo que lo hacía todo, con confianza y decisión, de manera muy persuasiva. Y el efecto de sus besos era poderoso e impactante.

Apretó las caderas contra ella, haciendo que Tamara desease frotarse contra su cuerpo. Con muy poco esfuerzo, había conseguido que se excitase.

Sus brazos fuertes la rodearon, la apretaron contra él. Tamara subió las manos a su cuello para acercarlo más.

Sabía que, siendo sincera, jamás la habían besado como Sawyer, pero la fruta prohibida era un poderoso afrodisíaco.

No obstante, todavía le quedaba una pizca de razón. Aquélla era su última oportunidad.

Consiguió apartar los labios de él.

–¡Espera un momento!

Apoyó la mano en su pecho, pero el fuerte latido de su corazón, su calor y solidez, la desarmaron.

Los ojos de Sawyer destellaban fuego dorado.

Tamara hizo acopio de determinación y abrió la boca.

–No te mientas a ti misma, ni me mientas a mí –se le adelantó Sawyer.

Ella frunció el ceño.

–¿Qué es lo que quieres? –le preguntó.

–Creo que ya lo sabes.

–Has venido buscando un collar.

–Entre otras cosas.

¿Cómo podía ser él tan racional cuando ella todavía estaba luchando por recuperarse del efecto del beso?

–No pienses que vas a hacerme cambiar de opinión acerca de tu propuesta.

–De acuerdo, pero te estoy ofreciendo la manera de salvar Pink Teddy Designs. Pensé que la idea atraería a la mujer de negocios que hay en ti.

–Supongo que, dado que te has cargado mi vida social, sientes que al menos debes ayudarme profesionalmente.

–¿Estás hablando de Tom?

–¡Sí!

–Entre vosotros no había pasión.

–¿Cómo lo sabes?

–Se notaba que sólo erais amigos. ¿Te habías acostado con él?

–Eso no es asunto tuyo.

–Supongo que eso es un no. Pobre desgraciado.

–Tom es un buen tipo. No pretende controlar la empresa de mi padre.

–No te engañes, cariño. Tom no es un santo –le contestó él–. Bueno, teniendo en cuenta que no te ha puesto las manos encima, tal vez lo sea.

Aquello gustó a Tamara, ¿acababa de reconocer Sawyer que le era difícil resistirse a ella?

Intentó no pensar en eso. Lo sabía capaz de cualquier cosa para desestabilizarla. Era un hombre despiadado. Como su padre.

–¿Acaso hay algo malo que puedas decir de Tom?

–Que tal vez saliese contigo por tu relación con Kincaid News.

–¡Eres despreciable!

–No ha desaprovechado la oportunidad de ir a Los Ángeles, ¿verdad?

–¡Porque tú te has encargado de hacerle una oferta irresistible!

–No ha tardado en contarme cuál es tu situación económica. Cuando ha visto que podía ayudarlo con su carrera, se ha puesto tan contento como un cachorrillo.

–¡Y tú eres otro cachorrillo que necesita mano dura!

–¿Te presentas voluntaria para domesticarme? –bromeó Sawyer.

–No, gracias.

–Al menos, te he dicho claramente qué es lo que quiero.

–Sí –replicó ella–. Kincaid News.

–No, a ti y Kincaid News. Te estoy dando la oportunidad de salvar tu sueño. ¿Acaso no has querido siempre convertirte en diseñadora de joyas? Recuerdo una ocasión en la que fui a Escocia y llevabas una pulsera hecha por ti.

A Tamara le sorprendió que recordase aquello, que había tenido lugar cuando ella tenía sólo doce años. Su padre le había regalado una caja con abalorios y ella había jugado con sus hermanas pequeñas, Julia y Arabella, que por entonces tenían cinco y dos años. Aunque, hasta ese momento, no se había acordado de la visita de Sawyer.

–¿A quién querías parecerte cuando fueses mayor? –le preguntó él–. Seguro que aspirabas a ser como alguien.

–Quería ser original –respondió Tamara, bajando un poco las defensas.

Sawyer rió.

–Por supuesto. Tenía que haberlo adivinado. Tamara Kincaid siempre ha sido única.

Muy a su pesar, Tamara sonrió.

–Después del divorcio, mi madre se quedó algunas joyas de Bulgari, Cartier y Harry Winston que le había regalado mi padre.

–Y seguro que a ti te encantaba ponértelas.

–Mi padre jamás me habría dejado jugar con las joyas de la familia.

–Yo te dejaré jugar con las de los Melton –bromeó Sawyer–. Todo lo que quieras.

–¿Estás intentando sobornarme?

–Haré lo que sea necesario.

Tamara miró detrás de Sawyer y vio su banco de trabajo. Todo lo que había en él corría el peligro de desaparecer de su vida. Y, de repente, se sintió tentada.

¿Tan malo sería aceptar lo que le estaban ofreciendo?

—No sería tan horrible —le dijo él, leyéndole la mente—. Un breve matrimonio de conveniencia nos daría a ambos lo que queremos, y después seguiríamos nuestros caminos por separado.

—¿En vez de casarnos de verdad, como propone mi padre?

Sawyer asintió.

—¿Estás sugiriendo que lo engañemos?

—Yo no lo diría así —contestó él—, pero entre pillos andaría el juego.

Tamara no pudo evitar sonreír. ¿Le importaría a su padre el tipo de matrimonio que contrajese con Sawyer si al final conseguía su objetivo: que Kincaid News estuviese en buenas manos?

—Jamás lograremos convencer a mi padre de que nuestro matrimonio es real.

—Acabamos de ver que no nos costará convencer a la gente de que la pasión es real.

Tamara sintió calor.

—Has dicho que sería un matrimonio de conveniencia —comentó.

—¿Me estás preguntando si esperaría que compartieses mi cama?

Ella mantuvo la expresión serena, pero cerró las manos.

—Sólo quiero que seamos claros.

Sawyer sonrió lentamente.

—La respuesta es no. A no ser que tú decidieses lo contrario.

—Eso sería poco probable.

–Soñar es gratis.

Tamara se estremeció y se dio la vuelta para que él no se diese cuenta de su reacción. ¿Hasta dónde estaba dispuesta a llegar para salvar su negocio?

–Seis meses –le dijo, girándose hacia él–. Debería de ser tiempo más que suficiente…

–Lo que haga falta.

–Has dicho que sería un matrimonio breve –replicó ella en tono acusatorio.

Sawyer apoyó las manos en sus hombros y se los acarició.

–Estoy deseándolo.

Cuando se inclinó y le mordisqueó el cuello, Tamara cerró los ojos. Sintió un beso en la garganta y pensó que estaban sellando el trato.

Un segundo después, él se había marchado.

Tamara se tocó con la punta de los dedos el lugar, todavía caliente, en el que la había besado.

¿Cómo había podido hacer un pacto con el diablo?

–Voy a casarme con Sawyer Langsford.

Después de soltar la noticia y de escuchar los gritos ahogados de sus amigas, Tamara las miró. Pia tenía los ojos muy abiertos y Belinda se había quedado de piedra, en silencio.

Estaban tomando un *brunch* en Contadini, pero la noticia cayó como un jarro de agua fría.

Tamara miró a Pia.

–¿Puedes meter una boda más en tu agenda para el mes que viene? –le preguntó.

–Dios mío –dijo Belinda entre dientes, poniendo los ojos en blanco–. ¡Dime que no estás embarazada!

–¡Por supuesto que no!

Belinda dejó la taza de café encima de la mesa.

–Pues tampoco estás borracha, porque es domingo por la mañana y estás bebiendo zumo de naranja. Así que… ¿qué es lo que pasa?

–A mí me parece que está serena –murmuró Pia.

Belinda asintió.

Ambas estaban en Nueva York en esos momentos, así que Tamara había decidido que era el momento de anunciarles la nueva.

–Y tampoco he perdido la cabeza –les aseguró.

«O eso creo».

Belinda la miró fijamente.

–¿Te ha obligado tu padre? Sé que te vio con Sawyer en la boda…

–Oh, Tamara –interrumpió Pia–, tiene que haber una salida.

–Y será más fácil encontrarla antes que después de la boda –continuó Belinda.

Tamara respiró hondo.

–No me ha obligado mi padre. De hecho, nunca le había dado tantas vueltas a una decisión.

–Vaya –dijo Pia–. ¿De verdad le has dado vueltas a la boda?

Tamara contuvo un suspiro. Pia, que era una eterna romántica, se habría sentido muy alarmada si le hubiese dicho que iba a ser un matrimonio de conveniencia.

–Yo no te recomiendo que lo hagas en Las Vegas –le dijo Belinda.

Tamara levantó la mano.

–Escuchadme.

–Soy todo oídos –respondió Belinda.

–Ambas sabéis que Pink Teddy Designs estaba pasando por un mal momento económico, pero lo que no sabéis es que últimamente las cosas están yendo mejor.

–¿Vas a casarte con Sawyer por motivos económicos? –adivinó Belinda.

–El matrimonio no durará –le advirtió Pia.

–¡No quiero que dure! –confesó ella.

–¿Y qué pasa con el pobre Tom? –quiso saber Pia.

–El pobre Tom está de camino a Los Ángeles. Va a grabar un disco, gracias a Sawyer.

–Estupendo –comentó Belinda en tono sarcástico.

–Creo que os he mencionado que mi padre siempre ha querido que las familias Kincaid y Langsford se unan –continuó Tamara–, pero no os había contado que la condición para que Melton Media y Kincaid News se fusionen, es que Sawyer me convenza para que me case con él.

–¿Quieres desperdiciar la oportunidad de poder casarte por amor? –inquirió Pia.

Tamara estuvo a punto de contestar que, después de la experiencia de sus padres, no creía en el amor, pero no quería decepcionar a su amiga.

Y lo cierto era que, en realidad, tampoco era tan cínica. En el fondo se preguntaba si, a pesar del ejemplo de sus padres, sería capaz de ser feliz toda la vida con una persona.

Se obligó a sonreír.

—No, no te preocupes. No voy a desperdiciar esa oportunidad. Con un poco de suerte mi segundo matrimonio será el definitivo.

—O el tercero —murmuró Belinda.

—O el tercero —admitió ella, ya que estaba claro que su amiga deseaba tener una tercera boda.

En breves palabras, explicó a sus amigas los términos de su acuerdo con Sawyer.

—No sé —comentó Pia cuando hubo terminado, sacudiendo la cabeza.

—¿Qué podría salir mal? —le preguntó Tamara—. En seis meses, o un año a lo sumo, cada uno seguiremos nuestro camino.

—Eso dicen —intervino Belinda—, pero yo llevo más de dos años para conseguir la anulación.

Tamara necesitaba saber que sus amigas la apoyaban. Y que iban a ayudarla a convencer a su padre de que Sawyer y ella estaban de acuerdo con su plan.

—Necesito que ambas actuéis como si creyeseis que Sawyer y yo hemos decidido finalmente lo que es mejor para nuestras familias —confesó—. Si no, no podré convencer a mi padre.

—No se lo tragará —comentó Belinda.

—Pues es mi única esperanza —le dijo Tamara—. ¿Me ayudaréis? ¿Vendréis a mi boda... con Sawyer? ¿Aunque tenga lugar en un horrible castillo inglés?

Belinda suspiró.

–Allí estaré.

–Y yo te ayudaré a organizarlo todo –se ofreció Pia.

Tamara miró a sus amigas.

–¿Aunque Sawyer invite también a Colin y a Hawk?

Hubo un silencio.

Pia hizo una mueca.

–Sabes que puedes contar conmigo. Sólo tienes que mantenerme alejada de los aperitivos.

–Yo iré acompañada de mi abogado –añadió Belinda muy seria.

Tamara se echó a reír.

Por un momento, gracias a sus amigas, pudo olvidarse de lo complicada que era la situación en la que se estaba metiendo.

Aquélla iba a ser toda una boda.

Capítulo Seis

–Dile que entre –ordenó Sawyer a través del intercomunicador antes de levantarse de su sillón.

Las ventanas, que llegaban hasta el techo, tenían una impresionante vista del río Hudson. Las oficinas centrales de Melton Media estaban situadas en el piso más alto de un impresionante edificio del centro de Manhattan.

La puerta se abrió y apareció el vizconde Kincaid.

–Melton –lo saludó alegremente el vizconde, acercándose a él y dándole la mano.

–¿Vamos a comer? –le preguntó él.

–Cuando quieras –le respondió Kincaid, metiéndose la mano en el bolsillo interior de la chaqueta para sacarse la BlackBerry, que estaba vibrando.

Kincaid habló por teléfono mientras avanzaban por el pasillo que llevaba al comedor de los ejecutivos de Melton Media. Sawyer escuchó la conversación, pero no pudo averiguar de quién hablaba el otro hombre.

Sawyer sabía que Kincaid era un buen adversario, y que también sería un buen socio.

–¿Has confirmado el rumor? –le preguntó cuando hubo colgado el teléfono.

–Sí –respondió Kincaid con satisfacción.

–Pensé que formábamos parte del mismo equipo –comentó Sawyer.

–Todavía no. No hasta que no tenga lugar la fusión.

Sawyer rió con cautela. El vizconde era amigo de la familia, pero también era un fiero competidor.

Cuando Sawyer había solicitado aquella reunión, había sugerido ir él a las oficinas de Kincaid, pero el vizconde le había dicho que no, tal vez porque quisiese echarle otro vistazo a la empresa que pronto se fusionaría con Kincaid News.

La empresa que Sawyer había heredado de su padre ya era importante, y él la había hecho crecer todavía más. Su abuelo había adquirido el negocio al casarse con la heredera de un periódico, pero lo había hecho tan bien como si siempre hubiese sido suyo.

No obstante, Kincaid era harina de otro costal. Había trabajado duro para crear su empresa, vendiendo unas tierras de su familia en Escocia para ello. La apuesta le había salido muy bien, pero el vizconde no era tonto y sabía que, para sobrevivir, Kincaid News necesitaba sangre fresca, alguien bien situado y con los conocimientos suficientes para sacar provecho de los nuevos medios de comunicación, desde los sitios online a los nuevos teléfonos.

En resumen, que necesitaba a Sawyer.

Y éste estaba ansioso por absorber a su competidor a un precio relativamente barato.

Al pensar aquello, Sawyer hizo una mueca.

A un precio relativamente barato, pero entrando a formar parte de la familia Kincaid, ya que el vizconde había convertido su empresa en un legado familiar.

Comieron un filete con patatas y té con hielo. Y hablaron despreocupadamente de política y de negocios hasta que, por fin, el vizconde Kincaid dejó a un lado su tenedor y miró a Sawyer a los ojos.

—Bueno, supongo que no me has invitado a venir para hablar de golf –le dijo–. Suéltalo ya, Melton.

Sin inmutarse, Sawyer se tomó su tiempo para limpiarse la boca y dejar a un lado la servilleta. Luego miró al otro hombre fijamente.

—Me gustaría pedirte la mano de Tamara para casarme con ella.

Kincaid arqueó las cejas.

—Vaya, lo has conseguido.

Sawyer asintió.

—¿Cómo?

—Supongo que no ha sido por mi encanto ni por mi capacidad de persuasión –contestó él esbozando una sonrisa.

Kincaid negó con la cabeza.

—Imposible. Tamara jamás se lo tragaría.

—He estado un tiempo cortejándola.

No era del todo mentira. Había estado convenciéndola para que viese las cosas del mismo modo que él.

–¿Desde cuándo?

–Hemos preferido llevar nuestra relación en secreto.

Sawyer pensó en su último encuentro en privado con ella. Tamara había respondido con avidez entre sus brazos y él había deseado hacerle el amor allí mismo, en el sofá de terciopelo rojo.

Sintió que su cuerpo se ponía tenso y cambió de postura.

–Creo que a Tamara ya no le desagradan sus obligaciones familiares.

–Pues hasta ahora sólo ha demostrado indiferencia –comentó Kincaid sacudiendo la cabeza–. Lo mismo que sus hermanas. Tengo tres hijas y ninguna aprecia lo que me ha costado levantar Kincaid News, ni el dinero que he gastado para pagarles los estudios.

–Tamara te tiene mucho cariño, y lo sabes.

Sawyer estaba seguro de que, en realidad, padre e hija estaban muy unidos.

Al vizconde se le iluminó ligeramente la mirada, pero el brillo cambió enseguida por otro más malicioso.

–¿Eso piensas? En ese caso, espero que me deis pronto un nieto.

Aquélla era una complicación en la que Sawyer no había pensado.

–Tal vez Tamara y yo queramos divertirnos un poco antes.

–Divertíos después –replicó el vizconde–. De hecho, me gusta tanto la idea de un nieto que será la condición para una fusión.

«Será desgraciado», pensó Sawyer.

–Mi hija tendrá que estar embarazada antes de que tenga lugar la fusión.

–Eso no formaba parte del acuerdo.

–¿Cuánto deseas esta fusión?

–Tanto como tú, o eso creía –respondió Sawyer con frialdad.

–Yo estoy deseando que tenga lugar –dijo Kincaid–. Todavía me queda mucha vida y Dios sabe que llevo mucho tiempo deseando que haya una tercera generación para Kincaid News –se echó hacia delante–. La cuestión es si tú, o cualquier otro, seréis capaces de cuidar de Kincaid News mientras tanto.

Sawyer no dijo nada. Hacía mucho tiempo que había aprendido a no hacer su mejor oferta nada más empezar una negociación. Se mantuvo frío y barajó sus opciones.

Pensó que el vizconde lo tenía difícil para convencer a sus hijas de casarse con otro hombre del gremio que no fuese él.

Pero de repente se imaginó a Tamara en la cama con otro pretendiente al trono de Kincaid News, intentando darle un nieto al vizconde, y no le gustó nada.

«Mejor yo que cualquier otro cretino», pensó.

Kincaid estaba sonriendo, al parecer, satisfecho con la reacción de Sawyer.

–La boda con Tamara será el primer paso. Yo haré todo lo que esté en mi mano para conseguir que lleguéis al altar y, por supuesto, haré pública mi alegría.

–Por supuesto –repitió Sawyer en tono irónico.

Kincaid se inclinó hacia él.

–Hasta el momento, he hecho todo lo que he podido para ayudarte, informándote de todas las idas y venidas de mi hija.

Eso era cierto.

–Pero el siguiente paso es dejar a mi hija embarazada –continuó Kincaid, arqueando una ceja–. Y en eso estás solo.

–Claro.

–Yo no le diré nada a Tamara acerca de esta nueva condición –añadió Kincaid.

–Muchas gracias.

Kincaid se echó a reír.

–No me gustaría que te echase de su dormitorio sólo por rencor.

–A tu hija siempre le ha gustado desbaratar tus planes –comentó Sawyer.

–Sí, pero eso ya forma parte del pasado… siempre y cuando la lleves al altar.

La nueva condición de Kincaid era una complicación con la que Sawyer no había contado. Había convencido a Tamara para que aceptase un breve matrimonio, tras el cual ambos seguirían su camino. El bebé no había formado parte de la ecuación.

A él no le gustaba la idea de tener un hijo si después iban a divorciarse, pero, al mismo tiempo, tenía treinta y ocho años, y tendría que consagrar su vida al trabajo después de fusionar su empresa con Kincaid News. Él también debía dejar un heredero para su título, y no tendría tiempo de buscar a la mujer adecuada.

Y Tamara, por poco que le gustase la idea de convertirse en condesa, hacía que le hirviese la sangre.

Se puso tenso sólo de pensar en lo placentero que sería intentar concebir un heredero con ella.

–¿Estás de acuerdo con las condiciones? –le preguntó el vizconde, interrumpiendo sus pensamientos.

Sawyer no dudó al responder:

–Sí –dijo, levantando su vaso–. Por la fusión entre Kincaid y Melton.

Al mediodía, Tamara entró tan campante en Balthazar. Estaba muy cerca de su apartamento. Le había sorprendido que Sawyer la llamase para invitarla a comer en un restaurante de su zona.

No tardó en verlo. Estaba impecable, como siempre, con una corbata roja y un traje de rayas diplomáticas, un poco despeinado porque hacía aire fuera.

Sin darse cuenta, ella se tocó el pelo al verlo acercarse.

–Te veo muy bien –comentó él.

Tamara se detuvo y Sawyer sonrió.

–Mejor que bien –se corrigió–. Estupendamente.

El cumplido hizo que Tamara ardiese de deseo.

–Tú tampoco estás mal –le respondió.

Había intentado no esforzarse demasiado al

arreglarse esa mañana y se había decidido por un vestido gris de manga corta ajustado con un cinturón morado y por unos zapatos de plataforma color magenta.

Era una rebelde con causa. Le daba igual cómo debiese vestirse una condesa, ella se vestía como quería.

Sawyer le tomó la mano y la rozó con los labios.

Ella se sorprendió, a lo que él murmuró:

—Tenemos que causar una buena impresión en público.

«Por supuesto».

—Me sorprende que hayas venido al centro. Pensé que te gustaban más otro tipo de locales

—Quería un lugar distinto —le dijo él—. Y demostrarte que también puedo ser flexible.

—Pues no esperes que yo acceda ir nunca a La Grenouille.

—¡Dios nos libre! —bromeó él antes de sonreír—, pero pretendo convertirte en una chica de las de la zona residencial.

—Eso me temía.

—Tal vez te guste —murmuró Sawyer con los ojos brillantes, agarrándola del codo para hacerla avanzar.

A Tamara le sorprendió sentirse tan cómoda y se preguntó si siempre había intentado guardar las distancias porque ya era consciente de lo atraída que se sentiría por él.

Una camarera los acompañó a una mesa situada en un rincón.

Aquél era el tipo de favor que Sawyer recibía debido a su estatus, y el mismo que recibiría ella cuando fuese su esposa. Le dio miedo acostumbrarse demasiado pronto a andar por la alfombra roja.

Tamara se sentó y Sawyer la imitó.

–Supongo que hemos quedado para concretar detalles, ¿no? –le preguntó ella, poniéndose cómoda.

–Más o menos. ¿No te ha llamado tu padre para celebrar su maquiavélica victoria?

–Sorprendentemente, no.

–Una admirable e inusitada demostración de autocontrol.

–Tal vez tenga miedo de estropearlo todo.

Sawyer rió y luego le retiró el pelo que cubría el hombro.

Tamara se quedó inmóvil mientras él acariciaba su pendiente de amatistas y cristales Swarovski.

–¿Otra de tus creaciones?

Ella asintió.

–¿Estás examinando tu inversión? –inquirió.

Él le acarició la barbilla.

–Sí, y es preciosa.

Tamara apartó la vista, confundida, y se sintió aliviada cuando una camarera les preguntó qué querían beber.

Sawyer pidió vino después de preguntarle si le parecía bien, y nada más hacerlo, apoyó la mano en su muslo por debajo de la mesa.

–¿Estás de acuerdo?

Tamara sintió el calor de su mano y se quedó ausente.

Sawyer la miró con inocencia.

–¿Quieres algo más, Tamara?

–¿Qué?

–Que si te gustaría beber algo más.

Ella miró a la camarera.

–No… gracias.

Cuando volvieron a estar solos, miró a Sawyer con el ceño fruncido.

–¿Qué estás haciendo?

–¿Te refieres a esto?

Por debajo de la mesa, le agarró la mano y, con la otra, le puso un anillo.

Tamara notó que su corazón empezaba a latir más despacio, con más fuerza.

–Es un regalo de la dinastía familiar –le dijo Sawyer–. Espero que te guste.

Ella tragó saliva y buscó su mirada, pero sólo vio deseo en ella.

Sabía que estaban prometidos, por decirlo de alguna manera, pero el peso del anillo hizo que se diese cuenta de que era algo real.

Levantó la mano muy despacio y la apoyó en el mantel. Y vio un precioso anillo de diamantes.

Era una joya impresionante y moderna al mismo tiempo.

–Te va bien con los pendientes que llevas puestos –comentó Sawyer–. El diseño no es moderno, pero espero que te guste.

Tamara levantó la vista.

–No es necesario, para un matrimonio de conveniencia…

–Sí que lo es –respondió él con firmeza–. Sólo quiero saber si te gusta.

–Me encanta –confesó ella–. Cualquier creador estaría orgulloso de una creación así. Es un diseño atemporal y precioso.

–Me alegro. El anillo fue un regalo que le hicieron a mi abuela, pero he pedido que le hagan unos cambios. En el original la piedra central era un zafiro.

Tamara se miró de nuevo la mano. Aquel anillo era la prueba tangible del pacto que había hecho con Sawyer.

–Te acostumbrarás –le aseguró éste.

Ella lo miró sorprendida.

–Me refería al anillo. Te acostumbrarás a su peso.

–Es exquisito.

–Y va con cualquier cosa.

Tamara cambió de postura. No sabía cómo tratar a Sawyer. Se preguntó si estaba siendo romántico para que la gente lo viese.

–¿Cuál fue el motivo del regalo original? –le preguntó, intentando mantenerse tranquila.

–¿De verdad quieres saberlo?

Ella arqueó las cejas.

–El nacimiento del sexto y último hijo de mi abuela.

–Oh, vaya…

–Son muchos hijos –admitió él–, pero no sería el duodécimo conde de Melton si mi familia no hubiese sido fértil.

–Tal vez debieras buscar a una mujer que pudiese complacerte mejor… en lo relativo a la fecundidad.

–Tal vez tú puedas satisfacer mis necesidades.

Aquella respuesta la desestabilizó, pero antes de que le diese tiempo a responder, Sawyer tomó su mano y fue besándole los dedos uno a uno.

Tamara sintió que un escalofrío le recorría todo el cuerpo.

Lo miró con escepticismo.

–Por supuesto.

–¿Dudas de mí?

Ella apartó la mano.

–¿Debería hacerlo?

Sawyer rió, y en ese momento apareció la camarera con el pan y el vino.

Cuando ambos estuvieron servidos, Tamara intentó reconducir la conversación hacia asuntos más prácticos.

–Háblame de los detalles que querías concretar conmigo.

–¿Ya se te ha agotado la paciencia? Está bien, empecemos por Pink Teddy Designs. ¿Cuánto te cuesta el alquiler?

Ella se relajó al ver que Sawyer había ido allí a cumplir sus promesas.

–Demasiado –le dijo.

–Está ubicado en un buen sitio, una decisión inteligente.

–Gracias.

–Yo firmaré la renovación del alquiler.

–¿Cómo sabes…?

–¿Que lo que más te preocupa es el alquiler?

–dijo él, terminando su frase–. He realizado algunas pesquisas con tu casero y me he enterado de que te va a subir la renta.

–Estupendo, no sabía que esa información estuviese disponible para la prensa.

–Y no lo está. Conozco al director de Rockridge Management. Y sé que también necesitas una inyección de capital.

Tamara apretó los labios. «A caballo regalado no le mires el diente», se dijo. Tragó saliva.

–¿Sin condiciones? –inquirió.

Sawyer asintió.

Ambos sabían que Sawyer no le pediría que le devolviese el dinero. Ya había accedido a casarse con él.

Se aclaró la garganta.

–Gracias –le dijo–. Te prometo que haré buen uso del dinero. De hecho, acabo de estar con una clienta.

Sawyer la miró con curiosidad.

–La esposa de alguien importante que acaba de abrir una boutique en los Hamptons. Se ha comprado una pulsera y ha seleccionado varias joyas para la tienda.

Entonces volvió la camarera y les preguntó si ya sabían lo que querían pedir.

Tamara se dio cuenta de que ni siquiera había mirado la carta, pero como ya había estado en Balthazar, pidió salmón ahumado. Sawyer preguntó a la camarera y se decidió por un pescado a la parrilla.

Después Tamara hizo acopio de valor y miró a Sawyer a los ojos.

–Supongo que deberíamos hablar de la boda en sí –le dijo.

–Dejaré los detalles en tus manos –le respondió él–. Creo que muchas mujeres tienen muy claro cómo quieren que sea su boda.

Sí, y, en el caso de Tamara, nunca había pensado que tendría un matrimonio de conveniencia con un conde británico.

Pero Sawyer era, sobre todo, un magnate de la prensa que se asemejaba mucho a su padre. No habría podido encontrar otro hombre que se pareciese más a lo que no quería.

Sawyer la estudió con la mirada.

–Sí me parece adecuado, no obstante, que la boda entre el conde y la condesa de Melton tenga lugar en Gantswood Hall, casa solariega de los condes de Melton.

Tamara se contuvo y no dijo que no creía que mereciese la pena, teniendo en cuenta que sería un matrimonio muy breve. En el fondo, había imaginado que Sawyer querría una boda al estilo británico.

–Muy bien. Supongo que cuanto antes tenga lugar, mejor.

–Estás deseándolo, ¿verdad? –comentó él sonriendo.

–Cuanto antes empecemos, antes tendrá lugar la fusión y antes terminaremos.

–¿Qué te parece la semana que viene?

Tamara negó con la cabeza.

–A Pia le daría un infarto. Ya le he pedido que organice la boda y va a necesitar tres semanas.

–Pia Lumley y tú sois muy amigas.

No era una pregunta, sino una afirmación. Tamara asintió de todos modos.

–Pia es una buena amiga, además de una de las mejores organizadoras de bodas de la zona. Y en estos momentos necesita mucho apoyo, después de que tu diabólico amigo, el marqués de Easterbridge, arruinase la boda de Belinda.

Sawyer se echó a reír.

–¿Diabólico amigo? Veo que se te dan bien las aliteraciones.

–No cambies de tema –replicó ella–. Tu amigo sólo se merece un adjetivo: horrible.

Sawyer arqueó una ceja.

–Supongo que el duque de Hawkshire también es tu amigo –añadió ella.

–Sí, pero no su alias, el señor Fielding.

–Muy gracioso.

–Hablando de nuestra boda. ¿Qué les has dicho a tus amigas? –quiso saber Sawyer.

–Pia y Belinda saben la verdad y vendrán a la boda para apoyarme.

–Estupendo.

–Si tus amigos vienen también, necesitaremos un árbitro.

–Supongo que Hawk y Colin asistirán, si sus agendas se lo permiten.

–El resto de la gente, incluidas mi madre y mis hermanas, pensarán que me caso contigo por motivos que sólo yo conozco, porque he decidido que eres don Perfecto.

–Me parece bien.

–Tema resuelto. ¿Algo más?

–Ahora que lo dices...

Tamara se puso tensa.

–¿Sí?

–Queda el asunto de dónde viviremos después de la boda.

–Yo quiero mantener mi negocio en el Soho –respondió ella, con un nudo en el estómago.

–Claro, pero nadie se creerá que somos un matrimonio de verdad si no vienes a vivir a mi casa después de la boda.

¿Compartir techo con Sawyer? Si casi no podían ni comer juntos sin que saltasen chispas.

–Supongo que podré soportarlo un tiempo. ¿Tendré mi propia ala?

Sawyer se echó a reír.

–¿Por qué no vienes a ver la casa? No has estado nunca. ¿Qué vas a hacer esta tarde?

–Estoy libre –admitió Tamara a regañadientes.

–Estupendo –dijo Sawyer sonriendo–. Iremos a mi casa después de comer.

La camarera les llevó la comida y se pusieron a hablar de temas más mundanos. Tamara se dio cuenta de dónde se había metido.

¿Sería demasiado tarde para dar marcha atrás?

Capítulo Siete

Tamara deseó odiarlo todo de la vida de Saw-yer, pero le estaba resultando imposible hacerlo, así que se aferró a la indiferencia.

Ya era bastante duro ver que el conde era un experto en seducción.

Su casa, situada en la zona este de la ciudad, era un edificio de cuatro plantas que había sido construido en los años 80.

Un hombre de mediana edad, uniformado, salió por la puerta principal y se acercó a ellos. Sawyer le dio las llaves del coche.

–Mét--lo en el garaje, Lloyd –le dijo–. No sé cuánto tiempo voy a quedarme..

–Sí, señor –respondió el otro hombre, inclinando la cabeza.

–Lloyd, ésta es la señorita Tamara Kincaid, mi prometida.

–Bienvenida, señorita Kincaid –la saludó Lloyd muy serio–. ¿Debo felicitarla por su compromiso?

Tamara le dio la mano, aceptando así la felicitación, antes de que Lloyd fuese a aparcar el Porsche negro de Sawyer.

–¿No tienes un Bentley? ¿Ni un ayuda de cámara llamado Jeeves? –le preguntó ella a Sawyer.

Éste sonrió.

–El Bentley está en mi casa de campo. Y tengo un mayordomo, un ama de llaves y un chef, a los que pronto conocerás, pero no tengo ayuda de cámara.

–Pensaba que un soltero como tú preferiría vivir en un ático.

–Me cuesta olvidar mis costumbres de caballero inglés, aunque viva en Nueva York. De todos modos, espero que te guste la casa.

–Es muy sencilla y elegante –respondió ella–. Muy… bonita.

Siendo sencilla y elegante, no tenía que haberle gustado, pero le gustaba. Era evidente que Sawyer, además de mucho dinero, tenía muy buen gusto.

Nada más entrar en el frío recibidor, Tamara se fijó en el espejo dorado, en la lámpara de araña que había encima de su cabeza y en el suelo de baldosas blancas y negras.

El teléfono de Sawyer sonó y él se metió la mano en el bolsillo interior de la chaqueta.

–Perdona un momento. Estoy seguro de que es algo del trabajo.

Tamara se giró. En realidad, agradecía la interrupción. Necesitaba recordar que, igual que su padre, Sawyer estaba atado a su negocio, y ése era el motivo por el que se casaba con ella.

Una mujer de mediana edad llegó desde la parte de atrás de la casa y la miró con curiosidad.

Tamara le tendió la mano.

–Hola, soy Tamara, la prometida de Sawyer.

Le daba igual cómo debía comportarse una futura condesa. Ella se presentaba por su nombre al ama de llaves.

A la mujer pareció sorprenderle su manera de saludarla, pero pronto puso una expresión agradable.

–Oooooh, Dios mío –dijo con acento británico mientras tomaba la mano de Tamara–. Ya pensábamos que lord Melton no sentaría nunca la cabeza. ¡Es un pillo!

–Lo es –respondió Tamara.

Sawyer salió del recibidor y entró en una habitación cercana con el teléfono pegado a la oreja.

–Soy Beatrice, el ama de llaves. El mayordomo...

–¿Alfred? –sugirió Tamara de broma.

–No, Richard, mi marido. Está haciendo un recado en estos momentos –le dijo Beatrice, agarrándose las manos–. He rezado mucho porque lord Melton encontrase por fin la felicidad.

–Lord Melton tiene mucha suerte de que las personas que lo rodean lo incluyan en sus plegarias –comentó ella.

–¿Cómo no? Es un jefe justo, amable y generoso.

–¿Ha pensado en poner un anuncio, Beatrice? –continuó bromeando Tamara.

Beatrice rió suavemente.

–Oh, ¡es perfecta! Justo la persona por la que he estado rezando. Hará mucho bien aquí, señora.

–Tamara, por favor.

Tamara quiso protestar y decir que de perfecta no tenía nada, y que no estaría allí el tiempo suficiente para hacer nada.

Beatrice se inclinó hacia ella con complicidad.

–Al conde lo llamamos Sawyer cuando no hay invitados.

«Estupendo», pensó Tamara. Ella había pensado que era un hombre altivo, e iba a resultar que era todo un demócrata. Y le caía bien a su ama de llaves.

–Dime que tiene un submarino hecho de encargo y que ha contratado a alguien sólo para que le limpie los zapatos –se le ocurrió a Tamara.

Beatrice negó con la cabeza.

–Él mismo mete su ropa en la lavadora.

En ese momento, Sawyer volvió al recibidor, guardándose el teléfono móvil.

–Ah, Tamara, veo que has conocido a la indómita ama de llaves.

–Sí.

Beatrice sonrió.

–Ya he conocido a su encantadora prometida. Y estoy encantada de poder felicitarle, señor…

–Sawyer –la corrigió Tamara en tono irónico.

–Voy a enseñarle la casa a Tamara, Beatrice.

–Por supuesto –el ama de llaves miró a Tamara–. Espero que te sientas como en casa. Por favor, si necesitas cualquier cosa, no dudes en hacérmelo saber.

Cuando Beatrice se hubo marchado, Tamara

descubrió, paseando por la casa con Sawyer, que ésta estaba decorada con estilo inglés, con muebles de los siglos XVIII y XIX mezclados con otros modernos. Las telas de flores de las tapicerías contrastaban con las rayas y los colores lisos.

Deseó odiarlo todo, pero no pudo evitar apreciar el buen gusto y la elegancia.

Y la casa era personal. Sí, había algunas obras de arte, pero también retratos de familia. Y no era el hogar de un aristócrata, sino de un hombre de negocios del siglo XXI.

Después de visitar el salón y el comedor, bajaron a la cocina y a las habitaciones de servicio. Allí, Sawyer le presentó a André, el chef.

Por suerte, éste era francés. Al menos uno de los empleados había cumplido con el estereotipo.

Después, tomaron un ascensor para subir a los pisos de arriba.

—Hay seis dormitorios entre los dos pisos —le contó Sawyer.

—Ocuparé el que esté más lejos del tuyo —respondió Tamara—. De hecho, dado que no estaré aquí mucho tiempo, preferiría pasar desapercibida. ¿Qué tal en la habitación de la criada que hay en el ático?

Sawyer sonrió, pero a Tamara no le gustó su expresión.

—No hay ninguna habitación de servicio en el ático aquí, eso es sólo en la finca de Gloucestershire —le dijo.

—Qué pena.

Sawyer siguió sonriendo.

–¿No preferirías ver todas las habitaciones y decidir después cuál te gusta?

De repente, Tamara se dio cuenta de que estaban los dos solos en aquella planta, y de que Sawyer la miraba con los ojos brillantes.

Levantó la barbilla.

–¿Como Ricitos de Oro? No, gracias.

Sobre todo, porque una de las habitaciones le pertenecía a él y no quería convertirse en su última conquista sexual, aunque fuese a casarse con él.

–Tal vez un cuenco esté demasiado caliente y otro demasiado frío –bromeó él–. Una cama sea demasiado grande, otra demasiado pequeña y otra… justo la adecuada. Es así la historia, ¿verdad?

–No soy tan exigente –replicó ella.

–¿No? Vamos a verlo.

La agarró de la mano, tiró de ella con cuidado y entró en el dormitorio que tenían más cerca.

–¿Qué estás haciendo? –le preguntó Tamara casi sin aliento.

Se dio cuenta de que habían entrado en una habitación con una cama enorme con dosel y con el mobiliario de color avellana.

Sawyer la hizo girar y ella aterrizó, sentada, en un borde de la cama.

–¿Qué te parece ésta, Ricitos?

–¡Eres ridículo!

–¿Demasiado dura o demasiado blanda?

–¡Ninguna de las dos cosas!

–En ese caso, perfecta, ¿no? ¿Estás segura?

Antes de que a Tamara le diese tiempo a reaccionar, Sawyer se había sentado en la cama también, la había abrazada y la estaba besando.

Y ella que se había pasado toda la comida intentando no pensar en besar a Sawyer.

Éste besaba del mismo modo que lo hacía todo en la vida, con una intensidad y una seguridad muy difíciles de resistir.

–Tu boca me vuelve loco –le murmuró él, acariciándole el labio inferior con el dedo pulgar–. Tienes unos labios tan carnosos.

–¡Muchas gracias! Me estás haciendo sentir como una stripper o una estrella del porno.

Él sonrió.

–Jamás los disfraces con carmín.

Ella tomó aire, pero antes de que le diese tiempo a hablar, Sawyer ya la había levantado de la cama.

–¿Adónde vamos? –le preguntó, casi riendo.

Jamás había visto a Sawyer así, no era él. Tamara pensó que aquello era muy emocionante, no pudo evitarlo.

–Hay otros cinco dormitorios –contestó él llevándola de la mano por el pasillo–. Éste es el mío.

Dentro de su habitación, se giró hacia ella.

Tamara vio una cama enorme, también con dosel, con los muebles de madera oscura y brillante y un aire muy masculino.

Entonces volvió a posar la mirada en Sawyer.

–Oh, no –dijo casi sin aliento, sacudiendo la cabeza al ver cómo la estaba mirando.

Él avanzó y Tamara retrocedió hasta chocar contra uno de los postes de la cama.

¿Por qué no se había dado cuenta de lo masculino que era Sawyer hasta hacía tan poco tiempo? Estaba sexy hasta con traje y corbata. A Tamara se le doblaron las rodillas.

Sintió calor. Los pechos se le pusieron duros y notó humedad entre las piernas.

Tal vez antes no había querido ver a Sawyer tal y como era. Tal vez ése fuese el motivo real por el que había guardado las distancias con él.

Deseó acariciar la línea de su mandíbula y su fuerte cuello. Cerró la mano para no hacerlo.

Sawyer le sonrió de manera muy sensual.

–¿En qué estás pensando?

–¿Que en qué estoy pensando? –repitió ella, intentando mantener la cordura–. Yo creo que la cuestión es más bien qué estás haciendo tú.

Lo tenía demasiado cerca.

Él sonrió todavía más.

–Tal vez me haya dado cuenta de que va a gustarme tenerte como esposa en todos los aspectos.

–¡Muchas gracias!

–¿Cuánto tiempo ha pasado para ti? –murmuró Sawyer–. Sé que no te acostabas con ese tipo, como se llamase.

–Tom, se llamaba Tom. Y no pienso hablar de ese tema contigo.

–¿Tanto tiempo, entonces?

Sawyer alargó la mano y acarició con el dorso la curva de su pecho. Tamara tomó aire.

–Maldito seas –susurró.

Él la rodeó con el brazo.

–Tus ojos me están diciendo otra cosa, Ricitos. Están nublados de deseo.

Ella intentó contener la atracción que estaba sintiendo y mostrarse aburrida.

–Lo cierto es que me estás durmiendo.

Sawyer rió antes de ponerse seductor otra vez.

–¿Cuál es el problema, Ricitos? –murmuró, inclinando la cabeza hacia ella–. ¿Acaso te parece que esta cama es la adecuada?

Y entonces volvió a besarla.

Sabía al vino de la comida y olía a sándalo y a jabón, una mezcla embriagadora. Tamara se rindió, levantó los brazos y se agarró a su cuello.

No pensó si aquello estaba bien o no, ella se sentía bien.

Sawyer la apretó contra el poste de la cama, jugó con sus labios, se los mordisqueó, y la hizo gemir.

–Así me gusta –murmuró él–. Que me hagas saber lo que sientes.

Apartó la boca de sus labios y recorrió su mandíbula. Ella ladeó la cabeza para exponer su cuello.

Mientras la besaba allí, Sawyer recorrió su cuerpo con las manos. Y ella se aferró a sus hombros.

Luego volvió a besarla en los labios mientras metía la mano por debajo del vestido. Tamara echó la cabeza hacia atrás y gimió.

Ambos se quedaron inmóviles mientras la acariciaba entre las piernas. Tamara entreabrió los ojos y vio que Sawyer la miraba con los ojos muy brillantes, estaba excitado.

–Ah, Tamara –murmuró–. Ricitos…

Sawyer empezó a desabrocharse el cinturón con la mano que tenía libre, pero, de repente, se detuvo.

Un momento después, Tamara lo oyó también. Eran pasos.

Alguien estaba subiendo las escaleras.

Tamara se apartó con brusquedad y él retrocedió, cambió de expresión y la ayudó a bajarse el vestido.

Era evidente que era un maestro de la seducción.

–Espero que te haya gustado la casa –le dijo él en voz alta, para que lo oyeran, pero mirándola de manera burlona.

Alguien pasó por delante de la puerta, que estaba abierta.

–¿Quién era? –preguntó Tamara en un susurro.

–Supongo que alguien del servicio de limpieza –respondió él sonriendo.

Tamara intentó recuperar su dignidad y se apartó de la cama.

–Pero no creo que le hubiese sorprendido ver a una pareja de novios besándose.

–En realidad no somos una pareja de novios –replicó ella–. ¿O hace falta que te recuerde nuestro trato?

Él alargó la mano para peinarla.

–¿Qué hay de malo en disfrutar un poco al mismo tiempo?

Tamara retrocedió.

–No pegamos nada –le dijo con firmeza–. Y nunca lo haremos.

–Pues hace un minuto nos estábamos entendiendo muy bien…

–Éste no es mi mundo. Y no voy a cambiar mi manera de ser.

Sawyer arqueó una ceja.

–Tal vez tengamos que convencer a la gente de que nuestro matrimonio no es una completa mentira –continuó ella–, pero no hace falta que seamos tan convincentes. ¡Y tú no necesitas practicar!

Sawyer la miró fijamente, pensativo, y luego se echó a reír.

Se dio la vuelta.

Por desgracia, aquélla le parecía la mejor cama, pero no estaba segura de querer tumbarse en ella.

Capítulo Ocho

Tamara se detuvo al pie de las escaleras de Gantswood Hall y observó las colinas salpicadas de ovejas al fondo, bajo el sol del mes de julio.

Sawyer había mandado un coche al aeropuerto para que la recogiese y la llevase hasta allí, y el conductor estaba descargando su equipaje.

Tamara respiró hondo, olía a campo, a hierba y hojas, y a arroyos frescos.

No había estado en una finca británica hasta que no había sido ya mayor. Ni siquiera en la de su padre, Dunnyhead. Había esperado sentirse defraudada por la experiencia, pero le sorprendió sentirse… encantada.

Gantswood Hall estaba más al sur que Dunnyhead y su paisaje era más pastoral.

Aunque lo que la atraía de aquello era algo más que el paisaje. Una parte de ella siempre se sentiría unida a la campiña británica. Y pronto tendría con ella, aunque fuese sólo de manera temporal, un nuevo vínculo.

Había llegado allí como Tamara Kincaid, pero se marcharía siendo Tamara, la condesa de Melton, y mucha gente se dirigiría a ella como lady Melton.

Para la ocasión, había decidido vestirse de manera conservadora, con unos pantalones de color beis y una camisa azul clara. Parecía salida de un anuncio de Ralph Lauren.

Sin pensarlo, se tocó la camisa, el lugar en el que llevaba el tatuaje. Tal vez fuese vestida como una aristócrata, pero en el fondo seguía siendo ella, una diseñadora de espíritu libre que vivía en el Soho.

Aunque si seguía teniendo el loft era sólo gracias a Sawyer. Sintió que se había vendido.

Dos días más tarde, se convertiría en la última condesa de Melton.

A pesar de que sería una boda íntima, toda su familia cercana asistiría a ella, incluidas su madre y su padrastro, sus hermanas y, por supuesto, su padre. Por parte de Sawyer irían su madre, la señora Peter Beauregard, y Jessica, su hermana adolescente, fruto del segundo matrimonio de su madre. Y los amigos de ambos. Además asistirían otros familiares, algunos vecinos y los socios de Sawyer.

Sintió ganas de echar a correr y recordó las palabras de su madre cuando le había dicho que iba a casarse

—No, cariño. No soportarás vivir con Sawyer, te resultará agobiante. ¿Cómo has podido…? Espero que no te haya presionado tu padre.

Y cuando ella le había dejado claro que la decisión ya estaba tomada, su madre había añadido:

—Jamás pensé que aspirarías a tener un estatus, Tamara, pero no puedo culparte. A mí me ha beneficiado mucho casarme con alguien rico y con una buena posición.

Tamara pensó que lo único que contaba era el dinero de Sawyer. Por eso iba a casarse con él. Entonces, ¿por qué se sentía como si acabase de llegar a casa?

Oyó pasos detrás de ella y se giró.

Sawyer.

Se le aceleró el corazón.

Lo vio acercarse corriendo, muy viril con sus botas de montar, pantalones ajustados y una camisa abierta en el cuello. Estaba sudando.

Tragó saliva. «No seas tonta», se dijo. Sawyer era sólo un frío hombre de negocios. Y lo suyo era sólo un trato. «No lo olvides».

El romántico encuentro que habían tenido en su casa de la ciudad no volvería a repetirse, al menos, si podía evitarlo.

Sawyer llegó a su lado y le dio un rápido beso en los labios.

—¿Sabes montar? —le preguntó.

—¿Caballos?

Él sonrió.

—Los establos están detrás de los jardines.

—Hace siglos que no monto.

—En ese caso, volverás a hacerlo mañana por la mañana. Haré que te compren todo lo necesario.

—No hará falta —le dijo ella—. He traído botas de montar y ropa adecuada.

Sawyer arqueó una ceja.

—He venido preparada para desempeñar mi papel.

Él la miró fijamente antes de decirle:

–Dejarán tus maletas en nuestras habitaciones.

Cuando Tamara abrió la boca para protestar, él se le adelantó:

–Tenemos que hacer creer que el nuestro es un matrimonio de verdad.

–¡Después de la boda!

–No me digas que quieres hacer de novia ingenua.

Ella se ruborizó.

–No te preocupes, hay dos habitaciones. Las condesas de Melton siempre han tenido sus propios aposentos, y su cama separada.

–Qué inteligentes.

Sawyer sonrió. Se acercó más y le apartó un mechón de pelo de la cara.

–Me alegro de que hayas llegado –murmuró.

Tamara intentó descifrar su expresión, pero sólo vio apreciación… y la promesa de algo más.

Sawyer se inclinó y volvió a besarla en los labios.

Sabía a cuero, a sudor y a aire limpio del campo, y Tamara se dejó besar.

Cuando él se apartó, su expresión era enigmática.

–Será mejor que empecemos a practicar ahora, si queremos convencer a nuestros invitados.

–Por supuesto –consiguió articular ella.

–Sígueme. Voy a enseñarte la casa.

Subieron las escaleras juntos y entraron al recibidor, oscuro y fresco, donde Sawyer llamó a una mujer mayor, que parecía ser la homóloga de Beatrice en Inglaterra, el ama de llaves.

–Ah, Eleanor –le dijo–. Quiero presentarte a mi prometida, la señorita Tamara Kincaid.

Tamara le dio la mano a la otra mujer intentando ocultar su agitación interna.

El saludo de Sawyer la había dejado con las piernas temblorosas.

Y eso no era bueno. Nada bueno.

A la mañana siguiente, temprano, Tamara llamó a la puerta del estudio de Sawyer, que estaba entreabierta, antes de entrar.

Él levantó la vista.

Estaba de pie, con las manos apoyadas en las caderas, al lado de un gran escritorio de madera que había al otro lado de la habitación. El sol que entraba por la ventana lo envolvía en un haz de luz. Parecía un lord histórico, planeando su siguiente conquista. Y Tamara tuvo la sensación de que en ese caso podría ser ella.

Respiró hondo y entró en la habitación. No habían estado allí el día anterior, cuando Sawyer le había enseñado la casa.

–¿Siempre estás detrás de tu escritorio? –le preguntó.

–No siempre –respondió él–. Me ayuda cuando tengo que darle vueltas a algo.

–¿Y a qué le estás dando vueltas?

–Tengo que hacer algunas reformas en unos edificios que hay en la finca –le explicó Sawyer.

Tamara se fijó en que en el despacho había muchas obras de arte y recuerdos de viajes, incluidas varias fotografías enmarcadas.

Se detuvo delante de una estantería y examinó una máscara de madera que parecía pintada con oro y bronce.

–Es de Nepal –le dijo él.

–No sabía que hubieses estado allí.

–Hace cinco años, pero no intenté subir al Everest, por si te lo estabas preguntando.

–Por supuesto, seguro que estabas demasiado ocupado escalando otras cumbres empresariales.

Él rió. Y Tamara se fijó en una fotografía en la que aparecía Sawyer con casco, saliendo de un tanque.

–En una unidad del ejército, en el frente –le contó él, acercándose.

Tamara lo miró con las cejas arqueadas.

–¿El trabajo de corresponsal de guerra forma parte de tus tareas?

–Sólo en ocasiones, no creas. Cuando terminé mis estudios en Cambridge hice un breve servicio militar.

–¿No pudiste escapar de la tradición familiar? –preguntó Tamara, sabiendo que muchas familias de clase alta todavía admiraban la carrera militar.

–No quise hacerlo –respondió él–. ¿Estás preparada para ir a montar?

Sin saber por qué, Tamara entendió su pregunta como un comentario de índole sexual.

Lo tenía tan cerca que sólo tenía que alargar

la mano para tocar los duros músculos de su pecho, o los musculosos muslos que se escondían bajo sus pantalones de montar.

La mirada color ámbar de Sawyer la recorrió de pies a cabeza.

Ella se humedeció los labios.

Sawyer volvió a mirarla a los ojos.

—No has respondido a mi pregunta.

¿De qué estaban hablando?

—¿Estás preparada para ir a montar? —repitió él con los ojos brillantes.

—Por supuesto.

Él se acercó otro paso.

—Bien… entonces, sólo falta una cosa.

—¿El qué? —preguntó ella, casi sin aliento.

Sawyer inclinó la cabeza y Tamara lo vio sonreír justo antes de besarla.

Ella apoyó la mano en su pecho para apartarlo, pero Sawyer se la agarró y entrelazó sus dedos con los de ella.

Luego la empujó hacia la librería y apretó su cuerpo contra el de ella, y Tamara sintió su erección, aspiró su olor a sándalo y a jabón.

No quería desear aquello. No quería desearlo a él, pero lo deseaba.

Respondió a su beso con pasión y enredó los dedos en su pelo.

Él la besó en la mandíbula. Con impaciencia, le desabrochó la camisa, dejando a la vista su sujetador de encaje, y luego la besó en la garganta.

Después volvió hacia sus labios al mismo tiempo que le apretaba un pecho.

Tamara pensó que aquello no formaba parte de su acuerdo e hizo un esfuerzo enorme para resistirse.

En ese momento, como si Sawyer le hubiese leído el pensamiento, se apartó.

La miró con los ojos brillantes y ella tragó saliva y se cerró la blusa con una mano.

Sawyer le acarició el labio inferior con el dedo pulgar.

—Da la sensación de que te han dado un buen beso.

—Gracias a ti —replicó ella.

Sawyer sonrió satisfecho.

—Gracias a mí. Nadie dudará de que somos dos amantes a punto de casarnos.

Aquello le cayó a Tamara como un jarro de agua fría.

—Nos veremos fuera —le dijo.

Mientras salía por la puerta, sintió la mirada de Sawyer sobre ella.

Capítulo Nueve

Sawyer estaba en el altar esperando a la novia.

Todo aquello había empezado como un medio para adquirir Kincaid News, pero después no había podido evitar desear también adquirir, no, poseer, a Tamara.

La deseaba. En su cama. Debajo de él. Gimiendo como había gemido el día anterior en su despacho antes de ir a montar a caballo.

Había resultado que montaba bien. Había dicho que era como montar «en bicicleta. Nunca se olvida». Últimamente, lo que él le resultaba inolvidable era ella.

Se maldijo.

El traje que llevaba puesto no había sido concebido para disimular una erección. Si no tenía cuidado, sus invitados se iban a dar cuenta de cómo estaba.

Hasta entonces, había podido utilizar la excusa de tener que actuar como si fuese su novio para ocultar sus crecientes ansias por seducirla.

El órgano de la iglesia empezó a sonar y los invitados quedaron en silencio. Todas las miradas se clavaron en la puerta del fondo, que se abrió para dar paso a Tamara, que llegaba del brazo de su padre.

Sawyer respiró hondo al verla avanzar hacia él.

Estaba increíble. Llevaba el pelo recogido en un moño y una delicada tiara de diamantes, una de las joyas de la familia Kincaid, a juego con los pendientes. El vestido era largo, palabra de honor y de encaje color marfil. Y Tamara llevaba una especie de chal de gasa cubriéndole los hombros.

No obstante, lo que más emocionó a Sawyer fue su cara. Tamara tenía una belleza clásica, unos ojos vedes cautivadores y sus labios, pintados de rosa, invitaban a ser besados.

En esos momentos, deseó tomarla en brazos, llevársela de allí y hacerla suya, pero esperó con paciencia hasta que Tamara llegó a su lado y el vizconde Kincaid le dio un beso en la mejilla.

Cuando hubo dejado el ramo de rosas, Sawyer tomó su mano.

Notó que temblaba y buscó su rostro, pero su expresión seguía siendo indescifrable.

Casi ni oyó la voz del sacerdote cuando comenzó a hablar:

—Nos hemos reunido hoy aquí…

Siguió agarrando la mano de Tamara, sintiendo el flujo de vida que corría entre ambos.

El sacerdote les pidió que hicieran los votos y luego intercambiaron los anillos. Tamara sonrió al ver el suyo, de platino y diamantes, y eso le gustó. Le había costado mucho elegirlo.

Cuando llegó el momento de besar a la novia,

lo hizo con satisfacción, dejando entrever su ardiente pasión y la promesa de mucho más.

Ya estaba unido a ella y, en esos momentos, no le parecía que fuese sólo un medio para conseguir un fin. Salvo si ese fin era la noche de bodas.

Tamara bebió champán mientras se acostumbraba al peso de los dos anillos que llevaba en el dedo, y a la atrocidad que acababa de cometer.

Se había casado con Sawyer y se había convertido así en la condesa de Melton.

En esos momentos estaba con unos setenta invitados en el comedor de Gantswood Hall, donde estaba teniendo lugar un tradicional desayuno nupcial.

Por suerte, todo aquello terminaría pronto. Pia estaba haciendo caso omiso del duque de Hawkshire, y Belinda y Colin estaban sentados como dos combatientes en punto muerto. El resto de los invitados y el fotógrafo hacían de parachoques.

De hecho, la única persona que parecía estar en toda su salsa era su padre.

Como si le hubiese leído el pensamiento, el vizconde Kincaid apartó su silla y se puso de pie.

–Un brindis –anunció, levantando su copa.

Tamara estuvo a punto de protestar, y el resto de los invitados levantaron sus copas.

Ella pensó que así sería su vida si seguía casada con Sawyer. Tendría que acostumbrarse a todo tipo de protocolos y normas de etiqueta, y tendría que aceptar ciertas reglas, después de años jactándose de ser toda una inconformista.

Intentó dejar de pensar en aquello al darse cuenta de que su padre la estaba mirando, por primera vez en su vida, con aprobación.

–Por Tamara, mi querida hija, y Sawyer, que estoy orgulloso de que se haya convertido en mi yerno –dijo su padre–. Que vuestro matrimonio sea largo y fructífero.

Tamara se negó a mirar a Sawyer.

–Y por que la felicidad os dure para siempre.

A Tamara le sorprendió aquello último. Miró a su padre y se dio cuenta de que lo había dicho con toda sinceridad.

–Por Tamara y Sawyer –repitieron los demás invitados al unísono.

Tamara dejó su copa y, antes de que pudiese darse cuenta, Sawyer le había tomado la mano y se la estaba besando.

–Me esforzaré todo lo que pueda para hacer feliz a Tamara –anunció, mirándola a los ojos.

Por la forma en que la estaba mirando, Tamara entendió que le hubiese gustado poder terminar la frase diciendo «en la cama».

Apartó la mano, se obligó a sonreír y contestó:

–Sawyer, ya me has hecho feliz.

Pensó en su loft en Nueva York y en sus sueños para Pink Teddy y se olvidó de lo mucho que la atraía él.

Sawyer la miró divertido y ella levantó la barbilla. Se negaba a dejarse vencer teniendo delante un plato de salmón con una delicada salsa y acompañado por puntas de espárragos.

Una puerta comunicaba las habitaciones del señor y de la señora en Gantswood Hall.

Y Sawyer estaba contemplando dicha puerta. Se acababa de duchar, todavía tenía el pelo mojado y se estaba poniendo los pantalones del pijama.

En siglos pasados, era de esperar que el conde y la condesa, recién casados, se encontrasen en aquella puerta para cumplir con su sagrada obligación de consumar el matrimonio.

Él había sido concebido en una lujosa suite del hotel Claridge, poco después de que sus padres se embarcasen en una impetuosa y tempestuosa unión.

Su aristocrático padre se había casado con una heredera estadounidense de espíritu libre y su matrimonio había sido, por suerte, un breve desastre.

Así pues, sabía de primera mano lo que era estar casado con una mujer que no servía para desempeñar el papel de condesa.

Pero había hecho un trato con el vizconde Kincaid. Y, además, tenía la obligación de dar un heredero a su título nobiliario.

Y lo cierto era que estaba deseando consumar aquel matrimonio. Llevaba demasiado tiempo sintiéndose frustrado de deseo.

Esa noche no los interrumpiría nadie.

Esa noche, seduciría a Tamara.

Con aquel pensamiento en mente, se acercó a la puerta y llamó con suavidad. Esperó un momento y volvió a llamar, pero no obtuvo respuesta. Así que giró el pomo y entró.

El salón de Tamara estaba vacío, y también parecía estarlo el dormitorio. ¿Dónde se había metido?

Era casi medianoche y ambos habían tenido un día muy largo.

Sawyer entró en el dormitorio. Las cosas de Tamara estaban allí. Sawyer vio el vestido de novia encima de un sillón con tapicería de rayas rosas y doradas.

Se acercó a él, lo tomó y se lo llevó a la cara, cerró los ojos y respiró hondo.

Notó que se excitaba.

Dejó el vestido en el sillón y siguió un reguero de ropa que llevaba hasta la puerta del cuarto de baño.

Entonces oyó la ducha y se acercó.

Ni siquiera se lo pensó. Abrió la puerta y entró, e inmediatamente vio la silueta de Tamara a través de la puerta de la ducha.

Estaba con la cara levantada hacia el chorro de agua, con los ojos cerrados. Sawyer sintió todavía más deseo. Y, en ese momento, Tamara giró la cabeza y lo vio. Sus pupilas se dilataron, estaba sorprendida.

Ambos se quedaron mirándose mientras el vapor seguía envolviéndolos.

Entonces Tamara cerró el grifo y le preguntó:

–¿Qué estás haciendo aquí?

–Vivo aquí, no sé si te acuerdas.

Sawyer quería disfrutar del espectáculo. Tomó una de las suaves toallas de color beis y se acercó a la puerta de la ducha.

Ella lo fulminó con la mirada, pero Sawyer se dio cuenta de que estaba nerviosa.

–No has respondido a mi pregunta –le dijo.

–Tenemos que hablar de lo que vamos a hacer mañana –contestó él–. Éste es el único momento que tenemos para estar a solas. Todavía tenemos invitados, incluido tu padre, que esperan que actuemos como dos felices recién casados.

No era del todo mentira. Tenían que hablar.

Pero su cuerpo quería otra cosa, algo mucho más elemental.

–Vete –le ordenó ella.

–Justo en eso estaba pensando –le dijo él, dándole la toalla–. No miraré.

Tamara dudó, levantó la barbilla, abrió la puerta y salió.

Sawyer bajó la toalla y ella dio un grito ahogado.

Él se empapó de la imagen. Tamara tenía los hombros y los brazos bien esculpidos, la cintura estrecha. Y los pechos…

Tragó saliva. Preciosos. Tenía los pezones erguidos y rosados. Y aquel tatuaje…

–¡Has dicho que no ibas a mirar!

–No he podido contenerme. Eres una mujer exquisita.

Ella abrió los ojos y recorrió su torso desnudo con la mirada, bajando hasta su erección.

A Sawyer le divirtió ver que Tamara se había quedado sin habla. Y le gustó que pareciese estar tan afectada como él.

Dejó caer la toalla al suelo.

El vello que había entre las piernas de Tamara era de un rojo tan oscuro y bonito como el de su cabeza.

Alargó la mano y le acarició un pezón.

Ella dio un grito ahogado.

—¿Qué quieres, probar algo nuevo, Sawyer? ¿Tener una aventura con alguien que no es tu tipo habitual?

—Con mi mujer —respondió él.

—¡Sólo de nombre!

—Las etiquetas tienen sólo el significado que les queramos dar nosotros.

Tamara se inclinó para recoger la toalla, pero él fue más rápido. La tomó entre sus brazos y la besó.

Con los labios unidos, se incorporaron muy despacio.

Sawyer la abrazó más y ella levantó los suyos hasta su cuello. La humedad hizo que sus cuerpos se pegasen.

Desde que se habían besado por primera vez, la atracción que había habido entre ambos había sido increíble y, en esos momentos, parecía que ninguno de los dos podía resistirla más.

Sawyer le acarició la espalda y bajó hasta el trasero. Luego, volvió a subir.

La besó en la mejilla y en la garganta.

—Eres como una mariposa alrededor de la luz, Sawyer —bromeó Tamara.

Él levantó la cabeza y la miró a los ojos, brillantes de deseo y provocación.

–¿No os aburrís, los tipos retraídos como tú? –inquirió.

–Nunca, teniéndote a ti cerca.

Vio vulnerabilidad en su rostro, pero duró sólo un instante.

–¿Es un cumplido? –le preguntó.

–Una promesa.

Tamara abrió la boca, pero él volvió a besarla.

Luego le levantó la pierna y la puso alrededor de su cintura, y le acarició todo el cuerpo hasta que notó que se iba relajando. Entonces, se inclinó y le mordisqueó los pechos.

Cuando la oyó gemir, chupó con fuerza y enredó las manos en su pelo.

Después, pasó al otro pecho.

–Eres muy receptiva –le dijo.

–Todas las personas poco convencionales solemos serlo –respondió ella.

Sawyer sonrió.

–Demuéstramelo –le pidió, mordisqueándole el lugar en el que tenía el tatuaje.

Era evidente que Tamara estaba decidida a recordarle constantemente lo diferentes que eran. Y él quería demostrarle lo distinta que podía ser su experiencia juntos. Había tanta pasión entre ambos que no podía seguir esperando más.

Pero entonces recordó su gesto de vulnerabilidad y se maldijo.

La deseaba, pero si la hacía suya, ella pensaría que lo había hecho por capricho.

Sintió que le acariciaba la erección y dejó de pensar. Notó que todos sus músculos se tensaban y se preparaban para llegar al clímax. Necesitaba estar dentro de ella, pero no podía.

Se maldijo.

Giró la cabeza y le dijo al oído:

–Tú también.

Y le acarició entre los muslos, haciendo que ella dejase de mover la mano.

Metió un dedo en su interior y sintió cómo su cuerpo lo apretaba con fuerza.

Ambos gimieron de satisfacción.

Sawyer movió el dedo, haciendo presión en su interior.

Tamara gimió y se aferró a su brazo.

–Sawyer…

–Sí, di mi nombre.

Notó cómo temblaba, cómo se sacudía y gritaba con el orgasmo.

Él la abrazó, le apartó el pelo mojado de la cara y la besó.

Una promesa.

–Sawyer –repitió ella.

Pero no había terminado. Se agachó, la agarró del trasero y le dio un beso muy íntimo, haciendo que ella se apretase contra su cuerpo y volviese a temblar.

Después se incorporó y la miró a los ojos. Tenía el rostro colorado, los labios hinchados y rojos y los ojos muy brillantes.

Él todavía no había llegado al final, pero la miró a los ojos y volvió a ver vulnerabilidad en ellos, que le recordó la facilidad con la que podría hacerle daño.

Se inclinó y tomó la toalla del suelo para dársela.

Después, en silencio, se dio la vuelta y se marchó del cuarto de baño antes de entregarse por completo a la tentación.

Capítulo Diez

Con experta precisión, Tamara utilizó las pinzas para colocar el ópalo en su sitio, luego se echó hacia atrás y suspiró.

Se quitó la lupa y se frotó el cuello.

Observó el majestuoso paisaje inglés que se extendía a lo lejos y que veía desde la ventana de su salón. Era temprano, todavía no eran las ocho, pero pronto tendría que volver a enfrentarse a Sawyer.

Había dormido mal y había decidido hacer algo que la relajase: trabajar.

Siempre que salía de viaje se llevaba todo lo necesario para hacer una joya o dos, y con Sawyer cerca, le iba a ser de gran ayuda.

Fue guardándolo todo con cuidado, cerró la caja en la que tenía las piedras semipreciosas y dejó a un lado su maletín de trabajo.

No había oído ningún ruido en la habitación de al lado, así que supuso que Sawyer debía de seguir durmiendo profundamente o que se habría levantado antes que ella.

Tamara no había dejado de dar vueltas en la cama toda la noche. A pesar de haber tenido no uno, sino dos orgasmos con Sawyer, se había ido a la cama sola y sintiéndose frustrada.

¿Cómo se había atrevido a entrar en el cuarto de baño mientras se duchaba? ¿Cómo se había atrevido a provocarle no uno, sino dos orgasmos? ¿Y cómo se había atrevido a marcharse sin más?

Estaba tan confundida con su comportamiento que no sabía qué era lo que más la molestaba de todo.

Se sonrojó sólo de pensar en lo que había ocurrido la noche anterior y se preguntó si Sawyer se había marchado tan de repente porque se había dado cuenta de que no hacían buena pareja.

Se le encogió el corazón.

Su teléfono móvil pitó, indicándole que acababa de recibir un mensaje nuevo. Tomó el teléfono, el mensaje era de Sawyer: *Sube conmigo a Cotswolds a las once. Los invitados querrán verlo.*

Antes de que le diese tiempo a responder, llamaron suavemente a la puerta del salón y tuvo que ir a ver quién era.

Se trataba de Sage, una de las doncellas.

–Señora –le dijo–, me envía el señor para que la ayude.

–Gracias –respondió ella–, pero en estos momentos no necesito nada.

Se miró de los pies a la cabeza. Llevaba puesta una camiseta enorme y unos pantalones de pijama viejos. Ni siquiera se había molestado en llevar un camisón.

–Pero, por favor, dígale al señor que lo veré a las once –añadió.

Sage dudó un instante, como perpleja, luego asintió y se marchó.

Mientas cerraba la puerta, Tamara pensó que Sawyer era toda una mezcla de lo moderno con lo arcaico. Le había mandado un mensaje de texto y, pocos segundos después, a una doncella. Tenía una casa en Manhattan y una finca en Inglaterra.

No obstante, seguían sin ser compatibles. Era cierto que la había sorprendido en muchos aspectos, pero eso no quería decir nada.

Ella era puramente moderna. Más que bohemia. Independiente y estadounidense.

Si bien eran compatibles en la cama, para que un matrimonio saliese bien hacía falta mucho más.

Mientras Tamara paseaba al lado de Sawyer por el pueblo más cercano, no pudo evitar sentirse impresionada de nuevo por la belleza del lugar.

El paisaje era muy pintoresco, y avivaba su imaginación. Deseaba ir a casa, o mejor, sentarse en el campo, a dibujar.

Los lugareños aclamaron a Sawyer por su nombre y él la presentó como su nueva condesa.

Por suerte, Tamara se había vestido tal y como lo requería la situación. Antes de salir de Nueva York, se había comprado ropa más adecuada para la ocasión que la que llevaba habitualmente. Llevaba una blusa de flores, una falda azul y bailarinas planas, a juego con la camisa azul y los pantalones beige de Sawyer.

No obstante, para no sentirse del todo disfrazada, se había puesto también sus pendientes favoritos, diseñados por ella misma.

Había esperado que Sawyer frunciese el ceño al verlos, ya que eran llamativos, pero éste la había sorprendido sonriendo.

Salieron de la panadería y volvieron a la calle, donde Sawyer entrelazó los dedos con los suyos.

Como no tenían a nadie cerca, Tamara pensó que era un buen momento para decirle lo que pensaba.

–No voy a ser la condesa de Melton durante mucho tiempo, no creo que sean necesarias tantas presentaciones.

Sawyer la miró de reojo.

–A los habitantes del pueblo les habría extrañado que no viniese a presentarte.

–Ya veo.

Sawyer estaba cumpliendo con sus obligaciones como conde. Y su condesa también tenía las suyas.

–Todo el mundo está siendo muy simpático y cordial –añadió–. Y parece que les caes bien.

–¿Te sorprende?

–Tal vez sólo vean una parte de ti. La que hace obras de caridad.

–Y supongo que tú has visto otras.

Ella levantó la vista hacia él y recordó la noche anterior, lo recordó casi desnudo y excitado.

–¿Te gustó esa otra parte? –le preguntó él, con la voz como una caricia.

–¿Por qué te fuiste así? –quiso saber ella.

–¿Tú qué crees? –le respondió–. Si hubiésemos continuado, habrías tenido razón al decir que te quería tener en mi cama porque eras la novedad.

A Tamara le sorprendió que fuese tan sincero.

–¿Y no era eso lo que buscabas cuando entraste en el cuarto de baño?

–Estoy empezando a pensar que eres demasiado complicada para una aventura.

Ella abrió mucho los ojos.

–... y el conde es sólo una parte de mí.

La miró a los ojos durante unos segundos más y luego apartó la vista.

Ella giró el rostro también y se dio cuenta de que se les acercaba un hombre. Su conversación había terminado.

–Esto es ridículo.

–Sígueme la corriente –le dijo Sawyer, agarrándole la mano.

Estaban sentados sobre una manta, cerca de un estanque de patos.

Hacía un maravilloso día de verano y tenían una cesta con vino, pan y queso para comer algo.

Sawyer pensó que aquél era el momento perfecto y tenía que aprovecharlo.

Tamara lo miró con el ceño fruncido.

–Todo el mundo sabe que no nos hemos casado por amor, sino por el beneficio de ambos...

–Sí, pero no saben cuál es ese beneficio –le contestó él, haciendo que apoyase la mano en su pecho–. Piensan que te has casado conmigo por mi dinero y mi título…

–Por tu dinero, sí –admitió ella.

–… y que yo me he casado contigo para hacerme con Kincaid News.

–Y es así.

–Cierto.

Ya se estaban redactando los documentos de la fusión. Kincaid News y Melton Media serían pronto una sola empresa, si todo salía según sus planes.

–Así que no creo que nadie espere que nos comportemos como dos enamorados –prosiguió Tamara–. Ni Pia ni Belinda, ni el marqués de Easterbridge ni el duque de Hawkshire, por cierto. Y, de todos modos, se han marchado ya.

–Pero queda tu padre y la mayor parte de nuestras familias –le dijo él más serio–. Tu padre querrá asegurarse, dado que eres su hija y que está a punto de compartir su negocio conmigo.

–En ese caso, me pregunto por qué lo ha hecho –replicó ella.

Sawyer se encogió de hombros.

–Se está haciendo mayor y hoy en día, en el mundo mediático, hay que consolidar las empresas. De todos modos, seguirá teniendo un puesto en la nueva organización.

–¿Y a ti qué te parece la idea de tener a mi padre por ahí rondando?

Sawyer sonrió.

–Pretendo observarlo y aprender todos sus trucos.

Tamara sacudió la cabeza con resignación. Y

Sawyer jugó con su mano, que seguía teniendo apoyada en el pecho.

Estaba muy atractiva, allí sentada, en la manta. Llevaba una camiseta que dejaba al descubierto sus hombros y una falda corta.

Sawyer notó que su cuerpo respondía.

Y ella tampoco parecía serle inmune.

No obstante, lo primero que tenía que hacer era romper parte de su resistencia.

–Veo que te gusta la campiña inglesa –comentó.

Ella asintió.

–Es muy bonita. No había estado nunca en Gloucestershire. Es un lugar inspirador.

Él deseó que la inspirase a la hora de meterse en su cama, pero se limitó a arquear una ceja.

–Supongo que no para hacer joyas –comentó.

Ella asintió.

–La belleza natural es fascinante.

–Ya veo –y era cierto. Tenía a una belleza natural justo delante–. Sigues teniendo algo de británica en tu interior –bromeó.

–De escocesa –lo corrigió ella–. Del norte. El paisaje es distinto de éste.

Apartó la mano de su pecho y él se recostó, apoyando la cabeza en la mano.

–No me has hablado casi nada de tu negocio de joyas –le dijo, dándose cuenta de que sentía curiosidad–. ¿Qué clientes tienes?

–¿Te refieres a cuál es mi plan de negocio? –bromeó ella–. ¿Te da miedo no recuperar nunca la inversión?

–Ya lo he hecho –respondió él–, y, de todos modos, no pasaría nada.

–Soy artista, no una mujer de negocios –comentó Tamara, encogiéndose de hombros–. Produzco lo que puedo yo sola, y luego lo exhibo en muestras de arte y en ciertas tiendas.

Sonrió de medio lado.

–Podría decirse que mi clientela está formada por personas ricas, o eso es lo que pretendo.

–Pues estás de suerte, porque yo conozco a mucha gente rica. Si cambiases el nombre de tu empresa a uno que incluyese tu título como condesa de Melton, te ayudaría bastante.

–No podría hacerlo –protestó ella–. Sólo vamos a estar casados un tiempo.

–Diane von Furstenberg mantuvo el *von* hasta mucho después de divorciarse del príncipe.

–Sí, es verdad –rió Tamara.

A Sawyer le gustaba su risa. Con él se reía poco, así que, cuando lo hacía, era como ver una estrella fugaz.

–En cuanto volvamos a Nueva York –le dijo–, contrataremos a alguien para que lleve las cuentas de Pink Teddy. Y te presentaré a personas a las que pueda interesarles tu colección.

Por un momento, aquello pareció sorprender y gustar a Tamara, pero entonces se encogió de hombros.

–Tengo la sensación de que Nueva York está a años luz de aquí.

Oyeron un ruido que provenía de la casa y Tamara miró hacia allí.

–Mi padre va hacia la pista de tenis con tu madre, Julia y Jessica.

Sawyer siguió su mirada. Iban todos con raquetas en las manos.

–Va a ser todo un reto para Kincaid. Mi madre todavía juega muy bien.

–Mi padre está decidido a mantenerse en el campo, en más de un aspecto.

–La pista se hizo cuando mi padre todavía vivía, a petición de mi madre.

–¿Cuánto tiempo duró el matrimonio de tus padres?

–Demasiado –contestó él, acariciándole el brazo–, pero el divorcio oficial tuvo lugar un día antes de mi quinto cumpleaños. Recuerdo que me hicieron una fiesta en Gantswood Hall con ponis, payasos y fuegos artificiales, pero sin mi madre, por supuesto. Con el tiempo, he llegado a preguntarme si la fiesta no sería para celebrar más el divorcio que otra cosa.

Tamara arqueó una ceja.

–Aunque, como heredero, me quedé con mi padre después de la separación.

Tamara hizo una mueca.

–Y tu padre no volvió a casarse.

–No le hizo falta. Ya tenía heredero.

–No parece que le guardes rencor a tu madre.

–Al final, comprendí que mis padres eran completamente incompatibles. Mi madre era doce años más joven que mi padre y se había dejado impresionar por su título. Después de que yo naciese, empezó a desear llevar la vida que lleva la jet set, mientras que mi padre estaba ocupado con sus propiedades y sus periódicos, y se mantuvo anclado a las tradiciones establecidas por sus antecesores.

—Pero tu madre volvió a casarse después —comentó Tamara.

—Cuando se cansó de estar divorciada, se casó con Peter, un banquero de inversión viudo —Sawyer hizo una mueca—. Y, sin esperarlo, volvió a quedarse embarazada con cuarenta y un años.

—Menuda historia.

—Yo saqué algunos beneficios inesperados del divorcio —le dijo él—. Si no hubiese sido por mi madre, jamás habría obtenido el título de empresariales en los Estados Unidos tras terminar mis estudios en Cambridge. Y sus contactos, y los de mi padrastro, antes de que éste falleciese, fueron imprescindibles para que pudiese expandir mi negocio en Nueva York y más allá.

—Así que eres prácticamente estadounidense.

—Soy medio británico, medio estadounidense por nacimiento —confirmó él—. Eres muy curiosa.

Tamara se ruborizó.

—¿Me cuentas ahora tu historia? —le pidió Sawyer, acariciándole el brazo con suavidad.

Ella bajó la vista a su mano y él le dijo con inocencia:

—Nos están viendo desde la pista de tenis.

Tamara dudó antes de empezar a hablar.

—Mis padres se divorciaron cuando yo tenía siete años. Me marché a Nueva York con mi madre, pero seguro que esa parte ya la sabes.

Él asintió. Recordaba haber oído la historia del divorcio de boca del vizconde Kincaid.

–Al contrario que tú, no era un varón heredero, así que mi padre pudo prescindir de mí. Mi padre volvió a casarse dos veces e intentó tener un heredero, pero creo que al final desistió.

–Me sorprende que no perseverase –comentó Sawyer con una nota de humor.

–Ya le preguntarás por qué no lo hizo, aunque yo supongo que tres ex mujeres y sus hijas ya eran suficiente carga.

Sawyer rió, pero después se puso serio.

–¿Eso eras tú? ¿Una carga?

–Nunca me lo ha dicho nadie, pero mi padre y yo no estamos de acuerdo en muchas cosas.

–No sé si sabes que tu título de condesa de Melton tiene más peso que el de tu padre.

–Me da igual –dijo ella riendo.

–Y aun así, estás aquí, disfrutando de la vida del campo y casada conmigo, tal y como deseaba él.

–Sólo por un tiempo –protestó Tamara.

–En ese caso, debemos aprovecharlo al máximo.

Sawyer la agarró y la hizo caer sobre él.

–¿Qué estás haciendo? –le preguntó Tamara, casi sin aliento.

–Shh –la reprendió él–. Nos están viendo desde la pista de tenis.

–Tus antepasados estarían orgullosos de ti… –le dijo ella medio riendo–. Cuántas artimañas conoces, qué manera de fingir…

–Ajá –admitió él–. Y se te olvida la habilidad para aprovechar el momento.

Entonces, la besó.

Tamara estudió el collar casi terminado.

Diamantes y esmeraldas. Había insistido mucho a sus proveedores hasta que había encontrado lo que necesitaba para el encargo que le había hecho Sawyer.

Él la estaba ayudando en su negocio al encargarle unas joyas… para otra.

Se le hizo un nudo en el estómago sólo de pensarlo.

Volvía a estar sentada frente a su mesa de trabajo en Nueva York y pensó en el picnic que habían hecho junto al estanque.

Se habían marchado de Gloucestershire dos días antes, el día después del picnic.

Sorprendentemente, había conseguido mantenerse alejada de su cama. En la casa de Sawyer en Nueva York, se había instalado en el dormitorio de al lado del de él, y allí se había quedado.

Sawyer no había vuelto a intentar seducirla.

Por supuesto, el picnic no había sido más que un espectáculo para su padre y los demás invitados, pero el beso que le había dado Sawyer, no.

Tamara se llevó los dedos a los labios. Sawyer la había besado apasionadamente y ella se había dejado llevar. Cuando por fin había levantado la vista, no había visto a nadie mirándolos.

Esa noche, había esperado que Sawyer fuese a su dormitorio, pero no había sido así.

Había vuelto a sorprenderla.

La estancia en Gantswood Hall le había gustado más de lo esperado. Y había disfrutado de la compañía de Sawyer también más de lo esperado. Ambos eran fruto de matrimonios transatlánticos que habían terminado mal. Y ambos pertenecían a dos mundos diferentes. Ella se había dejado cautivar por Gantswood Hall, mientras que Sawyer también era neoyorquino a su manera. Y tenía un negocio que dirigir, un negocio del siglo XXI.

Y, sobre todo, a Tamara le había sorprendido descubrir que, además de ser un aristocrático serio y correcto, era un hombre atrevido y valiente. En comparación con su experiencia en la guerra, el hecho de que ella se declarase un poco bohemia, original, le parecía insignificante.

Además, Sawyer la atraía sexualmente más que ningún otro hombre que hubiese conocido.

Le daba miedo enamorarse de él.

No, ni siquiera podía permitirse pensar en eso.

No formaba parte del plan.

Pero, aun así…

Estaban casados. Y tenía un par de meses más para intentar mantenerse alejada de la cama de Sawyer mientras se forjaba la unión entre Kincaid News y Melton Media.

Al día siguiente, Sawyer esperaría que apareciese de su brazo en una recepción en el consulado a la que iba a asistir gran parte de la realeza europea. Sería su debut como pareja en Nueva York.

¿Se atrevería a aparecer en público desempeñando un papel que llevaba toda la vida evitando, el de la nueva condesa de Melton?

Capítulo Once

Bajó las escaleras de la casa de Sawyer vestida con un vestido largo sin tirantes de color verde esmeralda. Como guiño a su lado más original, se había calzado unos zapatos de satén verde con unas plumas en el empeine. No había tenido mucho tiempo de ir de compras, pero por suerte había encontrado el vestido perfecto en la segunda tienda a la que había entrado.

Sawyer estaba al pie de las escaleras, con todo el aspecto de aristócrata rico y poderoso y de magnate de los medios de comunicación.

La miró con apreciación y ella respiró hondo para intentar calmar el cosquilleo que sentía en el estómago.

Sawyer había llamado a la puerta de su habitación unos segundos antes y ella le había dicho que ya casi estaba lista. Él había insistido en que tenía que ver algo del piso de abajo.

Así que se había dispuesto a bajar, un rato antes había estado en una peluquería, donde la habían peinado y maquillado, así que ya lo tenía todo hecho.

–Estás fantástica –exclamó Sawyer.

–Gracias.

Tamara se humedeció los labios y él los miró.

La tensión sexual era tangible entre ambos.

Ella se dijo que se había vestido como una condesa para convencer al mundo entero de que el suyo era un matrimonio de verdad, y no para complacer a Sawyer. No obstante, sabía que estaba jugando a un juego peligroso.

Sawyer tomó una caja de terciopelo de encima de una consola que tenía cerca.

—No estaba seguro de cómo ibas a vestirte esta noche, pero creo que he elegido bien.

Le tendió la caja y Tamara tragó saliva.

A él pareció divertirle su reacción.

—No tengas miedo a abrirla.

—Pensé que escogerías una creación de Pink Teddy —intentó bromear Tamara.

—Y yo pensé que no te importaría hacer una excepción, siendo joyas de la familia Melton —replicó él abriendo la caja.

Nada más ver la joya, Tamara se quedó boquiabierta.

Sobre un lecho de satén color marfil yacía una sencilla, pero exquisita tiara de diamantes y esmeraldas.

Tocó uno de los extremos con cuidado.

—Es preciosa.

—Tanto como la persona que va a llevarla puesta.

Ella intentó descifrar su expresión.

—Al fin y al cabo —añadió Sawyer—, si queremos convencer al mundo de que estamos casados de verdad, tenemos que hacerlo bien.

Sus palabras la decepcionaron y Tamara apartó los ojos de los de él para que Sawyer no se diese cuenta.

Por supuesto que aquello no era real. Ya lo sabía.

La tiara era real, pero no la condesa.

–Me recuerda a la tiara de diamantes y esmeraldas de la reina Victoria –comentó.

Sawyer sonrió.

–¿La conoces? A una de mis antepasadas del siglo XIX le gustaba tanto que encargó una de estilo similar.

–Bueno, fue una tiara muy famosa en su época –comentó Tamara, volviendo a tocar uno de los extremos de la tiara que tenía Sawyer en las manos–. Tiene un estilo conocido como gótico renacentista.

–Si te excitas tanto con sólo una tiara –bromeó él–, debería dejarte jugar con el resto de joyas de la familia.

El tono sexual del comentario hizo que Tamara sintiese calor.

–No estoy excitada –protestó.

–Yo sí –murmuró él.

Dejó la caja y tomó la joya. Después, la colocó con cuidado en el pelo de Tamara.

–Ya está –dijo, mirando la joya antes de volver a bajar los ojos a los de ella.

Se inclinó y le dio un beso.

Ella sintió un escalofrío.

–Ahora vengo –le dijo, casi sin voz–. Tengo que sujetarla bien con horquillas.

Consiguió subir un piso y llegar con piernas temblorosas al tocador. ¿Cómo iba a sobrevivir a aquella noche?

Si se consideraba de torpes no ser capaz de apartar la mirada de su esposa durante su primera aparición pública como pareja, Sawyer pensó que él lo era a no poder más.

Pero no le importaba. Estaba deseando volver con Tamara a casa, los dos solos.

A su alrededor, varios dignatarios y políticos paseaban por los salones en los que estaba teniendo lugar la recepción, en el primer piso del consulado. Más tarde subirían al segundo para cenar.

Y, por desgracia, Tamara parecía estar disfrutando mucho y no tener ningunas ganas de marcharse. Sawyer la había visto charlando y riendo con dos mujeres mayores que estaban entre las más ricas de Nueva York. Después la vio charlando con un joven miembro de la realeza como si se conociesen de hacía tiempo.

Varias personas se habían acercado a él para felicitarlo por su matrimonio y decirle lo encantadora que era su esposa y la suerte que tenía.

Era agosto en Nueva York, así que muchas personas importantes se habían marchado a sus residencias de verano en los Hamptons. La mayoría de los presentes esa noche formaban parte de las esferas aristocráticas y políticas, con una alta concentración en extranjeros. Y, a pesar de sus dudas, Tamara estaba encajando muy bien en su círculo social.

En esos momentos, Sawyer estaba con dos caballeros que hablaban de la nueva legislación económica que se estaba debatiendo en el Parlamento Europeo, pero tenía la atención puesta en Tamara, que charlaba al otro lado de la sala con el conde de Lyndon.

Se preguntó si el vestido que llevaba puesto tendría la cremallera en la espalda o en un lateral. Estaba deseando averiguarlo.

Se maldijo.

El corpiño de Tamara se le había bajado un poco al entrar al consulado, una hora antes, y Sawyer había visto la parte superior de su tatuaje.

En esos momentos, a pesar de la distancia, todavía podía verlo, y se estaba volviendo loco.

–¿No está de acuerdo, Melton?

–Sí, por supuesto –respondió él, ausente–. ¿Me perdonan, caballeros? Desearía hablar con alguien que hay al otro lado de la habitación.

Su mujer.

Mientras se acercaba a ella, la vio reír con algo que le había dicho su acompañante.

Desde el día de la boda, el deseo que sentía por ella había ido creciendo cada vez más. Si no hubiese visto vulnerabilidad en sus ojos la primera noche, ya la habría hecho suya. Y, en esos momentos, se arrepentía de haber tenido tantos escrúpulos.

Tamara levantó la mirada hacia él cuando se acercó, estaba sonriendo.

Él deseó darle un beso en los labios, robárselo y quedárselo para él.

Se reprendió mentalmente por semejante fantasía.

Lyndon inclinó la cabeza para saludarlo y él le dio la mano.

–No estaba seguro de verlo aquí esta noche –comentó Lyndon–, esperaba que estuviera de luna de miel con su preciosa esposa.

Sawyer lanzó una mirada rápida a Tamara.

–La luna de miel ha sido pospuesta para un momento más oportuno.

Con un poco de suerte, la empezarían esa misma noche en la cama.

Sawyer había visto que varios hombres la miraban con apreciación esa noche, y eso había hecho que deseease poseerla todavía más.

Apoyó la mano en su espalda y se acercó más a ella.

–¿De qué has estado hablando con Lyndon, cariño?

–Su esposa ha estado ilustrándome en el arte de la cerámica –respondió el otro hombre.

Sawyer miró a Tamara con sorpresa.

Ella se encogió de hombros.

–Fue uno de mis pasatiempos hace unos años.

–Y yo acabo de empezar –comentó Lyndon.

Sawyer miró a Tamara y después a Lyndon.

–¿Y también le ha contado que es una diseñadora de joyas con mucho talento?

Lyndon rió.

–¿Es cierto, querida?

–Tengo un pequeño negocio –admitió ella.

Sawyer se dirigió a Lyndon.

–Tal vez a su esposa le interesen los diseños de Tamara. Está haciéndose famosa con sus joyas.

–Se lo comentaré a Yvonne –contestó el conde–. Siempre le gusta ir por delante de las otras señoras en eso de la moda.

–Como periodista, estoy de acuerdo con ella, hay que ir siempre por delante de la competencia –comentó Sawyer–. El taller de Tamara está situado justo en el centro de la ciudad, en el Soho.

–Estupendo –respondió el conde–. Yvonne y yo no nos marcharemos a Estrasburgo hasta finales de la próxima semana.

Sawyer miró a Tamara de reojo y se dio cuenta de que parecía sorprendida e impresionada con su manera de dar publicidad a su negocio.

–Tiene una esposa encantadora, Melton –le dijo Lyndon–. Un soplo de aire fresco, en comparación con esas mujeres –señaló a su alrededor con desdén–, que temen mancharse las manos.

El conde se inclinó hacia él como si fuese a confiarle un secreto.

–Ella –dijo, mirando a Tamara con aprobación–, trabaja con las manos. ¡Si hasta le gusta la jardinería!

–¿De verdad? –dijo Sawyer divertido–. Entonces tendré que ponerla a trabajar en Gantswood Hall.

–¿De verdad? –intervino Tamara–. ¿Y cuánto gana el jardinero?

Él conde rió a carcajadas y le dio unas palmadas a Sawyer en la espalda.

–Ya ve, Melton. A cualquier otra mujer no le habría hecho ninguna gracia.

–A mí tampoco me ha hecho gracia –protestó Tamara con poco entusiasmo.

En ese momento, otro hombre se acercó para hablar con el conde, y Sawyer preguntó:

–¿No le importa que me lleve a mi mujer, verdad, Lyndon?

–Por supuesto que no –respondió éste.

Cuando se habían alejado un par de metros de él, Tamara preguntó con cierta exasperación.

–¿Conoces a todo el mundo? Todas las personas con las que he hablado esta noche, te conocen.

Él asintió.

–Pero el conde de Lyndon es, además, mi primo quinto por parte de padre.

–Veo que los Langford tenéis infiltrados por todas partes.

Sawyer rió.

–¿Por qué no? La reina Victoria y su progenie lo hicieron. Teníamos un modelo a seguir.

–Y decidisteis multiplicaros como conejos, ¿no? –murmuró Tamara.

Sawyer se acercó a ella y le susurró:

–Se te ve el tatuaje..

–¿Te preocupa que tus amigos se sientan ofendidos? –le preguntó, también en voz baja.

–Lo que me da miedo es que algunos de los presentes sientan el mismo deseo que siento yo. El deseo de arrancarte ese vestido, por ejemplo, y de hacerte el amor muy despacio, hasta que grites mi nombre una y otra vez.

Sawyer la miró a los ojos y vio deseo en ellos. Supo que también lo deseaba.

–Hace mucho calor –comentó Tamara.

–Bastante.

Por fin se miraron a los ojos y Sawyer vio en los de Tamara que también quería irse de allí.

–Dime que te estás mareando –le pidió.

–Yo…

Por desgracia, en ese momento se les acercó el Cónsul General.

Sawyer consiguió sonreír mientras se saludaban.

Y se preguntó si Tamara y él estarían predestinados a ser interrumpidos siempre.

Horas más tarde, Sawyer condujo a casa en su Mercedes y aparcó en el garaje privado que había al lado de la casa. Tamara salió del coche, pero todavía no le había dado tiempo a dar más que un par de pasos cuando él la estaba agarrando de la mano.

Juntos atravesaron el jardín y se dirigieron a la casa.

–¿Te lo has pasado bien? –le preguntó Sawyer.

–Sí.

Era cierto, lo había pasado bien y, además, habían sido varias las invitadas que habían expresado interés por sus joyas.

Sawyer seguía apoyando su trabajo y eso le calaba hondo. Aunque, por supuesto, debía de hacerlo porque había invertido en la empresa. Había notado su mirada sobre ella toda la noche.

Sawyer se detuvo en el jardín y le dio un beso en la mano.

–Me alegro de que te hayas divertido –se inclinó y la besó en los labios–. Eres una condesa adorable.

–Umm –respondió ella, justo antes de que la volviese a besar.

Cuando se separaron, Tamara respiró contra su boca.

–¿Qué estamos haciendo? –le preguntó.

–Yo me estoy dejando llevar por la atracción que hay entre nosotros. Al fin y al cabo, estamos casados.

–Es sólo un acuerdo –especificó ella.

–Un acuerdo cuyas normas podemos cambiar cuando queramos.

La besó en la comisura de los labios y le bajó la cremallera del vestido, y ella no hizo nada para impedirlo. Tampoco hizo nada para evitar que el vestido cayese al suelo.

Tembló y los pezones se le endurecieron.

–Eres irresistible –le dijo Sawyer.

Ella se humedeció los labios.

–Pensé que no te estabas fijando en mí.

–Claro que sí, esa rosa que llevas tatuada me está volviendo loco desde que la vi.

Entonces se inclinó y tomó su pezón con la boca, haciendo que Tamara arquease el cuerpo hacia él.

Se aferró a sus hombros y sintió que le daba vueltas la cabeza. Tenía su erección pegada al cuerpo, excitándola todavía más.

Aquél era Sawyer. Sawyer. El que durante tanto tiempo había sido su némesis. Y lo que sentía con él era maravilloso.

–Sawyer, no. Aquí no –consiguió decirle con voz ronca–. Alguien podría vernos.

–Está oscuro –respondió él–. Y nos tapan los árboles.

–Si alguien nos hiciese una fotografía, te tomarían el pelo con ella durante el resto de tu vida.

–No se atreverían –le dijo, tomándola en brazos–. ¿Adónde quieres ir?

Ella se agarró a su cuello.

–Si vamos a ser un matrimonio respetable, a la cama, supongo.

Sawyer asintió y entró con ella a la casa. Unos minutos después abría de una patada la puerta de su dormitorio.

Pero en vez de tumbarla en la cama, la dejó en el suelo, contra uno de los postes del dosel.

–Sigamos por donde nos interrumpieron la última vez.

Tamara se estremeció al recordarlo.

Sawyer terminó de desnudarla enseguida, cubriendo su cuerpo de besos. Y ella sintió que todo le daba vueltas, y que lo único que importaba entonces eran Sawyer y ella, y lo que estaba ocurriendo en aquella habitación.

Cuando se arrodilló ante ella para besarla entre los muslos, tuvo que agarrarse al poste que tenía detrás. Sawyer siguió moviendo los labios y el clímax le llegó de repente, sin que lo esperase. Arqueó la espalda y abrió la boca.

Unos segundos más tarde, Sawyer se incorporó y la miró con ojos brillantes.

Tamara se dio cuenta demasiado tarde de que ella estaba completamente desnuda, mientras que él sólo se había desatado la corbata.

No obstante, Sawyer no tardó en rectificar la situación, desnudándose y dejando al descubierto un físico impresionante.

–No pensé que los tipos retraídos fueseis tan…

Él le sonrió de manera muy sexy.

Pero en vez de lanzarse sobre ella, la sorprendió de nuevo, quitándole las horquillas del pelo y la tiara que le había dado unas horas antes.

–Suéltate el pelo, Ricitos –le dijo.

–Pensé que no te gustaba que lo llevase siempre suelto.

–Tal vez me esté relajando, o tal vez sea un fan de tu pelo.

Luego volvió a besarla de nuevo e hizo que ambos cayesen sobre la cama. Allí tomó su pierna y se la colocó alrededor de la cadera.

Ella lo besó con ansia, clavando los dedos en su espalda.

–Me han dicho que trabajas bien con las manos –bromeó Sawyer–. Demuéstramelo.

Ella lo acarició y enredó los dedos en su pelo al tiempo que lo besaba.

Cuando por fin la penetró, Tamara suspiró aliviada.

–Ah, Tamara –susurró él.

Y empezó a moverse hasta ponerse a sudar. Unos minutos después, Tamara volvía a llegar al clímax.

Y él seguía.

Tamara tuvo otro orgasmo más y entonces, Sawyer gritó y echó la cabeza hacia atrás mientras explotaba en su interior.

Agotado, se tumbó de lado sin soltarla, y ella se hizo un ovillo contra su cuerpo.

Su último pensamiento, antes de dormirse, fue que el sexo con Sawyer había sido, por extraño que pareciese, como llegar por fin a casa.

Capítulo Doce

Sawyer se sintió estupendamente.

No se acordaba de la última vez que se había levantado tan relajado y… satisfecho.

Se sonrió mientras bajaba las escaleras vestido con unos pantalones negros y camisa blanca, y el pelo todavía húmedo de la ducha.

Le habría sugerido a Tamara que se duchasen juntos, pero cuando se había levantado ella ya estaba duchándose en otro baño, y luego debía de haber bajado a desayunar mientras él se vestía.

Por suerte era domingo y no tenía que ir a trabajar. Cuando se encontró con Richard de camino al comedor, éste le dijo con ojos brillantes que la señora ya estaba desayunando.

Nada más entrar en el comedor, miró a Tamara a los ojos:

–Buenos días –le dijo.

–Buenos días –contestó ella, como dudando.

Sawyer la miró pensativo y se preguntó si tendría dudas acerca de lo que había ocurrido la noche anterior. Antes de sentarse, se inclinó sobre ella y le dio un beso en los labios.

En ese momento entró André, el chef, con un plato de huevos con beicon para él.

Sawyer se sentó y tomó un panecillo de una bandeja que había encima de la mesa. Tenía hambre y sonrió al pensar por qué.

–¿Té? –le preguntó Tamara.

–Sí, gracias.

–Gracias por el desayuno, André –dijo Tamara mientras le servía el té a él–. Está todo delicioso. Tendrás que darme la receta de esos panecillos.

–Gracias, señora –contestó el chef sonriendo.

Sawyer arqueó las cejas. André solía ser muy reservado. Y él no se acordaba de cuándo había sido la última vez que lo había felicitado por su trabajo.

Para su sorpresa, Tamara le sirvió el té justo como a él le gustaba.

Había empezado a comer los huevos cuando ella le dijo:

–Me sorprende que todavía no hayas encendido el ordenador.

–He encendido mi BlackBerry antes de bajar –respondió él–, pero gracias por preocuparte por mi trabajo.

Normalmente a esas horas ya estaría frente al ordenador, pero esa mañana tenía cosas más agradables que hacer. En concreto, estar con su esposa.

Se le ocurrían muchas maneras de pasar el día con ella, casi todas relacionadas con una cama.

Tamara se aclaró la garganta.

–Hablando de trabajo –le dijo–, supongo que

deberíamos de hablar de qué vamos a hacer a partir de ahora.

–Tal vez debiéramos dejar que la situación fuese evolucionando sola –contestó él.

Sabía cuál era la condición para conseguir Kincaid News, pero la noche anterior no había hecho el amor con Tamara pensando en eso, sino que se había dejado llevar por el deseo.

–Anoche no utilizamos protección –le dijo ella.

–¿No tomas la píldora ni utilizas ningún otro método? –le preguntó él.

–No tenía motivos para hacerlo. Tom y yo…

–No manteníais relaciones íntimas –terminó él–. Ya lo sé.

Así que la noche anterior podía haber dejado embarazada a Tamara. La idea de tener un hijo con ella le hizo sentir algo muy profundo. Se dio cuenta de que no le molestaba lo más mínimo, ni mucho menos, y no era sólo por su pacto con Kincaid.

–Utilizaremos alguno de ahora en adelante –comentó–. Lo de anoche no tiene por qué tener… consecuencias.

–¿Y si las tuviera? –quiso saber ella.

Él alargó la mano y le acarició el brazo.

–Las solucionaríamos. No sé si sabes que muchas recién casadas se quedan embarazadas.

–Nosotros no somos como otros recién casados. Lo nuestro es sólo un trato.

–Pues a mí anoche me dio la sensación de que éramos dos recién casados.

Ella apartó la vista, se había ruborizado, pero cuando lo miró, lo hizo con la barbilla levantada.

–Llevo toda mi vida evitándote, evitando esto.

–Yo también –bromeó Sawyer–, pero ha resultado que dormir con el enemigo es fantástico.

–¿He recargado tus baterías, verdad?

–Admítelo, cariño. Formamos una pareja fantástica en la cama.

–¿Qué quieres, que te haga un cumplido? No es buena idea que seamos amantes.

A él le parecía una idea genial.

–A nuestros padres no les fue nada bien juntos.

Sawyer tuvo que admitir que aquello era cierto.

–Eso no tiene por qué ocurrirnos a nosotros.

–¿Cómo que no? Ya hemos hablado de ello. Los matrimonios de nuestros padres fracasaron debido a su incompatibilidad. Tengo miedo de que la atracción física que hay entre nosotros, nos nuble la razón.

–A mí me parece una perspectiva muy alentadora –le dijo él–. ¿Por qué no subimos de nuevo a mi habitación y nos ponemos a prueba?

–Estoy hablando en serio –insistió Tamara.

–Conozco a tu madre y no os parecéis mucho, salvo en que has heredado su cuerpo de modelo.

–¿Eso es lo que te atrae de mí?

Sawyer pensó que tenía miedo de que le hiciesen daño.

–Eres preciosa –le aseguró él con ternura, deseando protegerla.

Era cierto. Había conocido a muchas mujeres guapas, pero Tamara era especial.

Tamara lo miró con los ojos muy abiertos, llenos de lágrimas.

–Oh…

–¿Quieres que te lo demuestre? –le preguntó él, deseando apartar el desayuno de la mesa y hacerle el amor allí mismo–. Eres hija de una modelo que se casó con un vizconde. Has heredado el físico de tu madre y no hay nada que puedas hacer para cambiar eso.

–¿Igual que tú tienes un título y unas obligaciones heredadas, pero al mismo tiempo eres estadounidense? Y tan apasionado como cualquiera de ellos.

–Bien dicho.

–Gracias.

–Somos los dos una mezcla. Británicos y estadounidenses. Y en eso nos parecemos más de lo que se parecían nuestros padres.

–¿Adónde quieres ir a parar?

Él se levantó y cerró la puerta con llave.

–Dado que hemos terminado de desayunar, me gustaría demostrarte de nuevo mi lado más apasionado, sólo para confirmar tu valoración, por supuesto.

–Por supuesto –repitió Tamara riendo.

Él se acercó desabrochándose los botones de la camisa.

Tamara se levantó y se le escapó una risa.

–Alguien podría…

–Interrumpirnos –terminó Sawyer.

Pero le daba igual, en esos momentos sólo podía pensar en lo que podrían hacer sobre una mesa de comedor.

Tamara miró el aparatito que tenía en la mano, intentando comprenderlo.

No podía ser tan difícil interpretar dos pequeñas líneas rosas. Y, no obstante, su mente se negaba a hacerlo.

Por suerte, el test de embarazo venía con dos aparatos más. Los utilizó los tres y la mano le empezó a temblar.

Unos minutos más tarde, volvieron a aparecer de nuevo las dos mismas líneas rosas.

Sintió alegría y pánico al mismo tiempo. Se miró en el espejo del cuarto de baño.

Hacía cinco semanas que había tenido su último periodo. Sólo hacía tres que había mantenido relaciones con Sawyer, y había ocurrido.

Se llevó la mano al abdomen y le sorprendió estar tan emocionada con la idea de tener un hijo con Sawyer.

Las tres últimas semanas habían sido idílicas. Una luna de miel. Había reído con Sawyer, se habían divertido y habían aprendido a conocerse. Habían caído en los rituales típicos de los matrimonios: se despertaban juntos, se preparaban para ir a trabajar y asistían a obras benéficas por las noches.

A ella no le había costado nada meterse en el papel de condesa de Melton y, gracias a todas las personas que le había presentado Sawyer, su negocio iba cada vez mejor.

Para alguien tan orgulloso de su independencia, era sorprendente descubrir lo agradable que era enfrentarse a los retos en equipo.

Y, no obstante, una parte de ella estaba aterrada.

¿Cuál sería la reacción de Sawyer cuando le contase que estaba embarazada? ¿Sorpresa? ¿Impresión? ¿Rechazo?

Las tres últimas semanas habían sido estupendas, pero Sawyer nunca le había dicho que la quisiera, ni que quisiera tener un hijo con ella.

Con el estómago hecho un nudo, se miró el reloj. Eran las seis de la tarde y Sawyer seguía en el trabajo, le había dicho que esa tarde tenía una reunión.

Llamó a su ginecólogo para pedir cita y después tomó su bolso y decidió ir a buscar a Sawyer a Melton Media.

Al llegar allí subió directamente a su despacho. La puerta estaba entreabierta y Tamara se quedó helada al oír la voz de su padre.

—Me alegra oír que todo va sobre ruedas —dijo su padre.

—Mis abogados dicen que los documentos de la fusión estarán listos en un par de semanas —le respondió Sawyer.

—Estupendo —le dijo su padre—, aunque el trato no se cerrará hasta que no hayas cumplido con tu parte del acuerdo y hayas dejado embarazada a Tamara.

Ésta contuvo la respiración.

–Naturalmente –contestó Sawyer.

Tamara no podía creer lo que acababa de oír, se sintió dolida, furiosa. Maldijo a Sawyer.

Apoyó una mano en la puerta, la empujó y entró.

Sawyer la miró a los ojos desde detrás de su escritorio. Se levantó al mismo tiempo que su padre se giraba a mirarla.

–Tamara… –le dijo Sawyer, consciente de que lo había oído todo.

–Veo que he llegado en mal momento –anunció ella.

–Tamara, no sé qué has oído –le dijo su padre, poniéndose también en pie.

–Lo suficiente para saber que nunca cambiarás. Lo único que te preocupa es Kincaid News, ¿verdad? Y siempre será así.

Luego miró a Sawyer.

–Dime, ¿algo de lo que ha ocurrido ha sido real? ¿O has estado fingiendo también cuando te acostabas conmigo?

La había seducido. Y ella se había enamorado.

Su padre se aclaró la garganta.

–Me marcharé para que podáis arreglar esto los dos solos.

–¿No te parece un poco tarde para dejar de meterte en mi vida? –inquirió ella.

Su padre se marchó y ella se giró hacia Sawyer.

–Y yo que pensaba que habías estado todo este tiempo engañando a mi padre –arremetió contra él–. Era a mí a quien ocultabas la verdad, ¿no?

–Fui sincero contigo el día que fui a verte al taller y te propuse un matrimonio de conveniencia. Fue más tarde cuando tu padre puso otra condición para la fusión… –respondió él.

–¡Y tú accediste!

El silencio de Sawyer le dio la razón a Tamara.

–Ha sido todo una mentira –añadió.

–¿Eso piensas?

–¿Qué quieres que piense? ¿Vas a negar que hiciste todo lo posible por acostarte conmigo?

–No, pero lo hice porque te deseaba. Porque siempre que te tenía cerca, sólo podía pensar en besarte. Porque no podía sacarte de mi mente, ni quería hacerlo.

–¿Cómo quieres que te crea? Eres tan despiadado como mi padre.

Sawyer se levantó y se acercó a ella, pero Tamara levantó una mano para detenerlo.

–No, por favor. Nada de lo que digas me hará sentir mejor.

–Tamara…

–Se ha terminado. Supongo que esto es lo que llaman una victoria pírrica –comentó mientras se daba la vuelta e iba hacia la puerta.

Sawyer no intentó detenerla, aunque ella tuvo la esperanza de que lo hiciera.

Al llegar al ascensor, Tamara supo que no había nada que pudiese reparar aquella situación.

Ni su corazón tampoco.

Capítulo Trece

Tamara tomó un taxi y se fue directa a su apartamento en el Soho. Allí, se desahogó llorando.

¿Qué iba a hacer?

Había hecho un pacto con el diablo y, en esos momentos, se encontraba sola y embarazada.

Respiró hondo varias veces y se dijo a sí misma que saldría adelante.

Después, tomó el teléfono. Pia y Belinda siempre la habían ayudado, así que hizo una conferencia con las dos.

–Espero que estéis sentadas –les advirtió–, porque tengo algo que contaros. Estoy embarazada.

Sus amigas dieron sendos gritos ahogados.

–¡Ya sabía yo que tu matrimonio con Sawyer era mala idea! –exclamó Belinda–. Oh, Tamara.

–¿Qué opina Sawyer? –preguntó Pia.

–No se lo he dicho.

–¿No se lo has dicho? ¿Y cuándo se lo vas a decir?

–Me gustaría mantener la noticia en secreto todo lo que sea posible –les dijo Tamara–. ¿No hay ninguna famosa que haya ocultado su embarazo hasta el noveno mes?

A pesar del dolor y de la ira, sabía que iba a tener aquel bebé.

–¿Y cómo vas a ocultárselo a Sawyer, viviendo con él? –quiso saber Pia.

–Es sencillo. No tendré que hacerlo porque le he dejado.

–¿Qué? ¿Por qué?

–Porque no me contó que mi padre le había puesto como condición para la fusión que le diésemos un nieto.

Después les explicó cómo se había enterado.

–Para matarlo –sentenció Belinda cuando Tamara hubo terminado de contarles la historia.

–Tal vez podáis arreglarlo –sugirió Pia–. Ya sabes, por el bien del bebé.

–¿Seguir casados, quieres decir? –le preguntó Tamara con incredulidad–. ¿Es una broma?

–Os he visto juntos desde que estáis casados. Estás radiante cuando estás con él.

–Claro que estoy radiante, de ira –replicó ella.

–Y Sawyer no deja de mirarte todo el tiempo. Confía en mí. He observado a muchas parejas.

Pia era una romántica, se recordó Tamara.

–No es más que atracción sexual –le dijo ella.

–Bueno, si hay algo que pueda hacer para ayudarte, sólo tienes que pedírmelo –le dijo Belinda.

–Lo mismo digo –añadió Pia.

–Todavía no sé qué voy a hacer –admitió Tamara.

Aunque sabía que el dolor que estaba sintiendo en esos momentos era mucho menor del que sentiría durante los días, semanas e incluso años siguientes.

–Pues yo no creo que Sawyer vaya a rendirse tan fácilmente –comentó Pia.

Eran casi las nueve de la noche cuando Sawyer llegó a casa. Richard, el mayordomo, tenía la tarde libre.

La casa estaba a oscuras. En silencio.

Él ya se había acostumbrado a llegar y que lo estuviese esperando alguien.

Tamara. Su mujer.

Pero ya no estaba.

En esos momentos, se enfrentaba a una casa y un futuro sin ella.

«Qué desastre».

Después de convivir con ella había empezado a pensar que su matrimonio podría durar, pero ya no tendría mujer, ni hijo.

Paradójicamente, sintió la pérdida de un hijo que no había llegado a tener.

Más allá del trato que había hecho con Kincaid, se daba cuenta entonces de que había deseado tener un hijo con Tamara, una niña pelirroja de ojos verdes, o un niño que se pareciese a los dos.

Recordó la expresión de Tamara al entrar a su despacho. Parecía destrozada.

Fue a la biblioteca y se preparó un Manhattan. Tal vez después de un par de copas, podría olvidarse de aquello.

Un par de horas más tarde estaba desplomado en un sillón, a oscuras, con dolor de cabeza.

Entonces se dio cuenta de que estaba iluminada la luz del teléfono que indicaba que tenía un mensaje, y decidió escucharlo.

–Señora Langsford, soy Alexis, de la clínica del doctor Ellis –decía una voz de mujer–. Siento decirle que me he confundido al darle la cita, por favor, vuelva a llamarnos para que le demos otra cita con su ginecólogo.

Sawyer no tardó en hilarlo todo.

Estaba embarazada. Iba a ser padre.

Pero Tamara no se lo había dicho. Lo había abandonado. Se le hizo un nudo en el estómago.

Tamara levantó la vista del bolso, en el que estaba buscando las llaves, y lo vio.

Muy a su pesar, sintió deseo y dolor.

Sawyer parecía serio e inflexible, apoyado contra su coche con los brazos cruzados.

Vio que se acercaba a ella e intentó darse prisa, pero las llaves se le cayeron al suelo.

Sawyer se le adelantó y las recogió.

–Permíteme –le dijo, abriendo la puerta–. Después de ti.

–¿Qué estás haciendo aquí? –inquirió ella.

–¿De verdad quieres que tengamos esta conversación en la calle?

Tamara entró en el edificio y él la siguió.

–Creo que ya nos hemos dicho todo lo que nos teníamos que decir –le advirtió.

–Pues a mí me parece que no –la contradijo Sawyer.

Subieron en el ascensor en silencio y entraron en el apartamento. Tamara dejó el bolso encima de la mesa y se giró hacia él.

–Tengo que admitir que al principio no se me ocurrió buscarte en el lugar más obvio. Me has sorprendido.

–No me estoy escondiendo. Sólo he decidido dejarte. Al contrario que tú, no tengo nada que ocultar.

–¿Seguro que no?

Ella levantó la barbilla, pero no respondió. Fue hacia la caja fuerte y sacó dos cajas verdes.

–He terminado tu encargo –le dijo.

Tenía un nudo en el estómago, porque sabía que había estado trabajando para que él le hiciese un regalo a otra mujer.

Abrió la caja y supo lo que estaba viendo Sawyer. Había creado un collar a juego con la tiara de los Langsford. La idea había sido inicialmente maltratarse a sí misma para no enamorarse de él, pero al final, había terminado teniendo la esperanza de que el regalo fuese para ella.

Con lo que no había contado nunca, había sido con quedarse embarazada.

Abrió la segunda caja. Los pendientes de diamantes eran tan impresionantes como el collar.

–Son exactamente lo que estaba buscando –le dijo Sawyer, tomando la caja.

–Pues ahora ya puedes marcharte.

–De eso nada. ¿Cuánto tienes pensado decirme que estás embarazada?

–¿Y qué si lo estoy?

–Que en ese caso no vamos a divorciarnos. No permitiré que nadie ponga en cuestión la legitimidad de mi heredero.

Tamara pensó que lo único que le preocupaba a Sawyer era su futuro heredero, no ella.

–Podría ser una niña –comentó, retándolo.

–Me da igual.

–¿Cómo te has enterado?

–Te han dejado un mensaje en el contestador, tienes que pedir otra cita para el ginecólogo.

–De todos modos, que esté embarazada no cambia nada.

–No estoy de acuerdo. Lo cambia todo.

–Está bien, lo cambia todo –admitió Tamara–, pero jamás olvidaré que este bebé fue concebido para cumplir con un trato con mi padre.

Estaban demasiado cerca, los dos furiosos.

Sawyer se inclinó y la besó apasionadamente.

–Si te marchas –le advirtió cuando hubo terminado–, haré todo lo posible para conseguir la custodia del bebé. Si sigues casada seguirás teniéndolo todo.

Tamara pensó que aquél no era el hombre que le había hecho el amor, el hombre al que estaba creyendo empezar a conocer. Aquél era el despiadado magnate que había levantado un imperio, un hombre al que su padre podía admirar.

–¿Para qué quieres al bebé? Sólo con haberlo engendrado tendrás Kincaid News.

–Pero te quiero a ti. Quiero que vuelvas a mi casa, y a mi cama.

–Uno no siempre consigue lo que quiere.

Se miraron a los ojos y, de repente, Sawyer bajó la vista al collar que todavía tenía en la mano.

—Toma —le dijo a Tamara, tendiéndoselo—. Siempre ha sido para ti.

Ella lo aceptó sin dudarlo.

—Gracias —le contestó ella, ocultando su dolor—. Mi abogado se pondrá en contacto contigo.

Sawyer apretó los labios, se dio media vuelta y salió del apartamento dando un portazo.

Ella se dejó caer en un taburete que tenía detrás. Miró el collar que tenía en la mano.

No podía creer a Sawyer. Ni podía confiar en él.

Capítulo Catorce

–Tamara está embarazada.

Anunció Sawyer un viernes por la noche a Hawk y a Colin. Estaban en casa de este último.

–Sorprendente –comentó Hawk por fin.

–Enhorabuena, Melton –le dijo Colin.

–Gracias.

Los tres dieron un trago a su bebida.

–No obstante, no sé si podrías recomendarme a un buen abogado matrimonial.

–¿No querrás divorciarte de Tamara ahora? –le preguntó Hawk.

–No, es ella la que se quiere divorciar de mí.

–¿Y no vas a intentar convencerla para que no lo haga? –quiso saber Hawk.

Convencer no era la palabra más adecuada. Amenazar o coaccionar habrían sido más precisas.

–He hablado con ella –contestó Sawyer.

Habían pasado dos días desde su discusión con Tamara en su apartamento del Soho.

–¿Has hablado con ella? –comentó Hawk riendo–. Jamás pensé que vería el día.

–¿Qué quieres decir? –inquirió Sawyer molesto.

–Que jamás pensé que te vería perder la cabeza por una mujer.

Sawyer gruñó y se preguntó si su amigo tenía razón. Tamara era capaz de hacer que le ardiese la sangre, en más de un sentido, pero había vivido demasiado y tenía la experiencia del divorcio de sus padres, así que no iba a creer que pudiese estar ena...

Se maldijo.

¿Qué podía hacer, teniendo en cuenta que Tamara se negaba a creerlo o a confiar en él?

Sonó el portero automático y Tamara fue a abrir.

Desde que se había casado con Sawyer, tenía mucho más trabajo, y sabía que era gracias a él.

Respondió y descubrió que no se trataba de ningún cliente, sino de su padre.

Le abrió la puerta y esperó a que llegase. Sabía que estaba muy pálida, de llorar y por haber dormido poco, pero le daba igual.

—¿Qué estás haciendo aquí? —le preguntó.

—Tienes un aspecto horrible —le dijo él.

—Gracias.

—De hecho, me recuerdas a mí mismo durante los divorcios.

—Me sorprende que te afectase tanto deshacerte de alguna de tus mujeres.

—Supongo que piensas que me parezco a Enrique VIII. Y supongo que hay muchas cosas de las que podríamos discutir, incluidos los pormenores de mis divorcios.

—Me conformo con lo que he vivido.

Su padre miró a su alrededor.

–Es un sitio muy acogedor.

–Gracias. He conseguido mantenerlo haciendo un pacto con el diablo.

–¿Con Sawyer? –le preguntó él, arqueando las cejas.

Tamara asintió.

–Me ha pagado el alquiler y algo más a cambio de un breve matrimonio de conveniencia, hasta que tuviese lugar la fusión. Aunque, por supuesto, no sabía que tú habías añadido otra condición. ¿Cómo pudiste hacer algo así?

–Nunca me has preguntado por qué quería que te casaras con Sawyer.

–Por Kincaid News –respondió ella.

–Cierto, aunque su padre y yo siempre pensamos que hacíais buena pareja.

–Pero si cualquiera podría ver que Sawyer y yo estamos hechos…

–… el uno para el otro.

Tamara negó con la cabeza.

–Sawyer ha estado fingiendo todo el tiempo.

–En ese caso, es muy buen actor –le dijo su padre. Luego, suspiró–. He tenido tres mujeres. Deja que al menos opine cuando veo a un hombre perdidamente enamorado de una mujer.

A Tamara le entraron ganas de echarse a reír.

–Siempre me has acusado de poner Kincaid News por delante de todo lo demás, y tal vez tengas razón, pero Sawyer no es como yo. O, al menos, ha cambiado.

–Sí, sobre todo ahora que ha ganado la partida. Dentro de unos meses, será padre –dijo Tamara sin pensarlo.

–¿Me permites que te felicite? –le preguntó su padre, con los ojos brillantes.

–¿No te lo ha contado Sawyer?

–No. Sawyer se ha negado a seguir adelante con la fusión –anunció su padre–. Sólo tú puedes convencerlo para que entre en razón y cambie de idea.

A Tamara se le encogió el corazón. Si Sawyer había hecho aquello, tenía que ser por ella, porque le importaba.

–¿De verdad crees que me importa?

–Creo que sí, te guste o no.

–Se me pasará –le aseguró Tamara.

–Si pensases eso, no estarías embarazada, para empezar –le dijo su padre.

Tamara abrió la boca y la volvió a cerrar.

Cuando su padre se marchó, ella se quedó pensando en todo lo que le había dicho. Era la conversación más cercana que había tenido con él en toda su vida. Y todo gracias a Sawyer.

Desde el sofá, Tamara miró cómo llovía fuera. En cuanto parase la tormenta, saldría.

Tocó con nerviosismo una de las esmeraldas del collar que llevaba puesto.

Estaba a punto de dar el paso más importante de toda su vida.

En ese momento llamaron a la puerta. Se sobresaltó. No habían llamado antes al portero automático.

Fue hacia ella y miró por la mirilla. Se quedó helada, pero la abrió un segundo después.

Allí estaba Sawyer, mojado.

–¿Puedo pasar? –le preguntó–. Uno de tus vecinos me ha dejado entrar en el edificio.

Ella se apartó para dejarlo pasar.

Luego, se quedaron mirándose.

–Aquí tienes los documentos de la fusión –le dijo Sawyer–. Puedes romperlos si quieres.

–¿Por qué? –quiso saber ella.

–Porque puedo pasar sin Kincaid News, pero no puedo vivir sin ti. Porque he buscado el modo de que confíes en mí, y éste es el único que se me ha ocurrido para convencerte de que tú me importas más.

–Oh, Sawyer.

–El otro día lo hice muy mal –continuó él–. Por cierto, sigues teniendo algo que me pertenece.

–¿El qué?

Él le tomó la mano y se la llevó al corazón.

Tamara se puso de puntillas y le dio un beso en los labios.

Él respondió devolviéndole el beso con pasión. Cuando se separaron, Sawyer la miró a los ojos.

–Te quiero –le dijo.

–Oh Sawyer –contestó ella, con los ojos llenos de lágrimas–. Yo también te quiero a ti.

–Cariño, ¿por eso llevas puesto el collar?

Ella asintió.

–Pensé que lo entenderías cuando me vieses en tu casa con él puesto. ¿De verdad cuando lo encargaste lo hiciste pensando en mí?

–Sí, te encargué las joyas para poder acercar-me a ti.

–¿Y crees que podremos conseguir que funcione?

–¿El qué? ¿Nuestro matrimonio?

Tamara asintió.

–Por ahora, lo hemos conseguido.

Y dicho aquello, la volvió a besar.

Epílogo

–Veo que éste se ha convertido en tu lugar favorito.

Tamara levantó la vista y sonrió a Sawyer. Luego volvió a mirar hacia el estanque de los patos.

–Tenemos que mantener las apariencias, nos están viendo los patos. Bésame.

Sawyer arqueó una ceja.

–Dudo que esperen que nos comportemos como dos enamorados.

Tamara asintió, muy seria.

–Su bienestar depende de nosotros.

–En ese caso…

Sawyer le dio uno de sus apasionados besos y, después, la abrazó con fuerza.

Tamara suspiró. Habían decidido ir a Gran Bretaña antes de que su embarazo se lo impidiese.

Y Gantswood Hall se estaba convirtiendo en su lugar favorito. Estaba deseando criar a sus hijos allí… y en Nueva York.

Todavía se estaba acostumbrando a ser la condesa de Melton, pero lo más importante era que tenía el amor de Sawyer.

–Acaba de llegar tu padre –le anunció éste.

–Ah.

–Por negocios –añadió Sawyer.

Ella asintió. Su padre se había alegrado mucho al enterarse de la reconciliación.

–¿No habrá venido a regodearse de su éxito?

Sawyer se echó a reír.

–Tal vez, también.

–Por cierto, me gustaría que Belinda y Pia resolviesen sus diferencias con Colin y Hawk. Así podríamos invitarlos a venir a todos.

–Resolverán sus problemas –le aseguró él–. Ahora, bésame, los patos nos están mirando.

Tamara se echó a reír y lo besó.

Algunas cosas eran mucho más valiosas que las piedras preciosas.

Deseo™

Huyendo del matrimonio

KATE CARLISLE

Adam Duke estaba en guardia desde
que descubrió el diabólico plan de su
madre para casarlo, al igual que a sus
hermanos. Por eso, cuando su nueva y
deseable ayudante, Trish James, dio a
entender que quería algo más que una
relación profesional, Adam supuso que
ella también formaba parte de la trama.
Decidió seguir con el juego y seducir a
la secretaria… para después terminar
de una vez por todas con las intromi-
siones de su madre. Pero ni siquiera
Adam podría haber imaginado los ver-
daderos motivos que Trish tenía para
meterlo en su cama…

*Evitaba a cualquier precio
las relaciones estables*

¡YA EN TU PUNTO DE VENTA!

Acepte 2 de nuestras mejores novelas de amor GRATIS

¡Y reciba un regalo sorpresa!

Oferta especial de tiempo limitado

Rellene el cupón y envíelo a
Harlequin Reader Service®
3010 Walden Ave.
P.O. Box 1867
Buffalo, N.Y. 14240-1867

¡Sí! Por favor, envíenme 2 novelas de amor de Harlequin (1 Bianca® y 1 Deseo®) gratis, más el regalo sorpresa. Luego remítanme 4 novelas nuevas todos los meses, las cuales recibiré mucho antes de que aparezcan en librerías, y factúrenme al bajo precio de $3,24 cada una, más $0,25 por envío e impuesto de ventas, si corresponde*. Este es el precio total, y es un ahorro de casi el 20% sobre el precio de portada. !Una oferta excelente! Entiendo que el hecho de aceptar estos libros y el regalo no me obliga en forma alguna a la compra de libros adicionales. Y también que puedo devolver cualquier envío y cancelar en cualquier momento. Aún si decido no comprar ningún otro libro de Harlequin, los 2 libros gratis y el regalo sorpresa son míos para siempre.

416 LBN DU7N

Nombre y apellido   (Por favor, letra de molde)

Dirección   Apartamento No.

Ciudad   Estado   Zona postal

Esta oferta se limita a un pedido por hogar y no está disponible para los subscriptores actuales de Deseo® y Bianca®.
*Los términos y precios quedan sujetos a cambios sin aviso previo.
Impuestos de ventas aplican en N.Y.

SPN-03   ©2003 Harlequin Enterprises Limited

Bianca™

Él es un siciliano sexy y marcado por su pasado...
Ella, una joven rebelde, muy atractiva... ¡y nada obediente!

Silvio Brianza había abandonado los barrios bajos donde había crecido, pero aquella época le había dejado profundas heridas.

Jessie subsistía a duras penas fregando suelos de día y cantando en un sórdido bar por las noches. Silvio le había dado la espalda a ese mundo de pobreza y bandas callejeras, pero tenía un asunto pendiente: debía sacar a Jessie de allí.

Jessie era incapaz de resistirse a Silvio, pero tenía que recordar que era su enemigo y había renegado de su pasado; jamás podría amar a una chica pobre como ella.

La cantante y el millonario
Sarah Morgan

La cantante y el millonario

Sarah Morgan

¡YA EN TU PUNTO DE VENTA!

Deseo™

Seducida por el millonario

SUSAN MALLERY

A Duncan Patrick, un poderoso hombre de negocios, no le gustaban los ultimátums, a menos que fuera él quien los diera. Pero la junta le estaba exigiendo que cambiara su dura imagen pública. Cuando conoció a la dulce Annie McCoy, profesora de guardería, supo que lo haría parecer como un ángel… aunque tendría que recurrir a manipulaciones diabólicas. Consiguió que Annie se hiciera pasar por su amante, pero ahora necesitaba que lo fuera en la vida real. ¿Lograría el ejecutivo gruñón desplegar el encanto necesario para seducir a la mujer a la que casi había destruido?

Iba a sufrir una transformación completa

¡YA EN TU PUNTO DE VENTA!